乃木坂明日夏の秘密 6

0

クラスメイトの乃木坂明日夏《のぎざかあすか》は、容姿端麗で成績優秀な学園のアイドルだ。

何か光り輝く粒子でも放っているんじゃないかってくらいにさらさらな髪、空に浮かぶストロベリームーンみたいにぱっちりとした琥珀《こはく》色の瞳、ほんのりと色付いた桜色の唇。まさに見た目は女神の一言である。

成績は極めて優秀。入学試験もほぼ満点の首席合格で、入学式で新入生代表として挨拶をしたりもした。

加えて〝アキバ系〟に関する知識も豊富であると言われている。

まさに完璧超人始祖の化身と言ってもいいくらいの完全無欠っぷりなのだ。

だけどそんな彼女には……〝秘密〟があった。

小さなものから大きなものまで、そのレベルはCからSS。さらにはそれを超えるSSSやまだ見ぬSSSSなどのレアな秘密も存在したりする。

明日夏《あすか》と知り合ってから今日までの半年ほどで、俺がコンプリートした秘密は百三十三個。

だけど明日夏《あすか》いわくまだまだ表には出ていないセンセーショナルな〝秘密〟がそれこそ山ほど

あるのだという。

その一部についてはふとしたことから耳にする機会があったのだけど……とても口に出せるようなものではなかったので、ここではそっと伏せておく。

ともあれそんな明日夏《あすか》と出会って以来、平凡で波風が立つことなど微塵《みじん》もなかった俺の学園生活は終わりを告げて、数々の賑《にぎ》やかな出来事とアクシデントとに満《み》ち溢《あふ》れた波瀾万丈《はらんばんじょう》な日々が始まることとなったのである。

これは〝秘密〟の物語。

〝秘密〟が繋《つな》ぐ、絆《きずな》と想《おも》いの物語……だ。

乃木坂明日夏の秘密⑥

Nogizaka Asuka no Himitsu

0

色々とハプニングもあった北海道《ほっかいどう》三泊四日の修学旅行も終わり、辺りは日々増してくる寒さとともに通学路にはどこか年の瀬を感じさせるそわそわとした落ち着かない空気が漂い始め、周囲の景色には光り輝くイルミネーションや赤い服を着て偶蹄目《ぐうていもく》シカ科を引き連れた白髭《しろひげ》のおっさんの姿があちこちで目につき始める、十二月の頭のことだった。

たくさんの『メモリアルミッション（ハー●クイン仕様）』や、そこから派生した『スペシャルイベント』と、まさかのオーロラ遭遇というミラクルマジックを経て、明日夏《あすか》との距離がまたいっそう北陸新幹線の開通による東京・金沢間のように縮まったような気もする今日この頃。

だけど目下のところ、少しばかり気にかかることがあった。

それは何かというと……

「あ、澤村《さわむら》さん♪」

と、そこで声をかけられた。

質のいいハンドベルを上品に鳴らしたみたいな透明できれいな声。

振り返るとそこには……持ち主の心の内をあますことなく映したみたいに真っ白なコートを着た明日夏《あすか》が、風に揺れる白百合《しらゆり》のようにこっちに向かって小さく手を振っていた。

「おはようございます。今日も寒いですね」

「うん、毎朝起きるのが辛《つら》くなってくる時期っていうか」

「ですよね。ふふ、私も静琉《しずる》さんに五回も起こされちゃいました」

明日夏《あすか》が小さく舌を出してそう笑う（悶絶《もんぜつ》しそうなほどかわいい）。

そんな和やかな会話。

それ自体はこの上なくいつも通りというか、特に問題は感じられないものである。

だったら何が気がかりなのかというと……

「そういえば澤村《さわむら》さん、『がんばるかぞく計画』の準備の方はどうですか？」

「え？」

「ふふ、とっても楽しみですよね。今まで経験したことがなかったことなので、今からすっごくわくわくしてます。だって澤村《さわむら》さんには――」

「早くパパになって、ママの私といっしょに大切な娘を育ててもらいたいですから♪」

きゅっと俺の手を握り締めながら嬉《うれ》しそうな笑みでそんなことを言ってくる。

ザワリ……！

明日夏《あすか》のその粉塵《ふんじん》爆発みたいな発言に、周りを歩いていた生徒たちの視線が一斉にこちらに向けられた。

「ね、ねえ、パパってどういうこと……？」

「そ、そりゃあ……そういう意味だろ？」

「そういう意味って……まさかあんな量産型モブみたいな顔をして乃木坂《のぎざか》さんと……？」

「許せねぇ……ＳＮＳを掘って恥ずかしい性癖を暴露して社会的に抹殺してやる……！（血の涙）」

聞こえてくるそんな怨嗟《えんさ》の声。

そう——ただでさえ明日夏《あすか》は才色兼備で穏やかな優しい性格、『白銀の星屑《ニユイ・エトワーレ》』の呼び名を持つ有名人で、老若男女《ろうにやくなんによ》を問わない百人越えのファンクラブまで存在するような学園のアイドルなんですよね。いちおう同じ『ＡＭＷ研究会』の仲間でありクラスメイトでもある俺はいっしょに歩いていることこそ暗黙の了解のようになってきてはいたものの、さすがに今の台詞《せりふ》は見過ごされなかったみたいです。

「……いいか、俺が過去五年分にまで遡って全てのＳＮＳを掘りまくる。そうしたらお前はそれを全力で拡散しろ」

「……分かったわ。どうせ見るに堪えない畜生レベルのド変態な記録が目白押しに決まってるものね」

「……メイド服とかスク水にニョクマムをかけてグルメを気取ってそうな顔だよな」

「…………」

それどんな顔なんですかね……？

それだけでも頭が痛くなってくるというのに、だけどそこにさらに火にニトログリセリンを注ぐような追加攻撃がやってきたのだった。

「あ、善人《よしと》だー！　乃木坂《のぎざか》さんもいるー、おはよー！」

聞こえてきたのはそんな声。

見るとこちらは茶色っぽい（キャメルというらしい）ダッフルコートを着た十年来の幼なじみが、投石器を振り回すみたいにぶんぶんと勢いよくこっちに向かって手を振っていた。

「朝倉《あさくら》さん、おはようございます」

「冬姫《ふゆき》……」

何でしょう、ものすごくイヤな予感がするんですが。

だけど世の中というものはだいたいいい予感は外れて、悪い予感の方は物欲センサーのごとくことごとく当たるものなんですよね。

そして今回もそれに違うことなく。

「どうどう、『がんばるかぞく計画』の準備は進んでるー？　もちろんめちゃくちゃ進んでるよねー？　善人《よしと》と私がパパとママになるための大事なフラグだもんー！」

五十メートル先までよく通るアニメライクな声で、冬姫《ふゆき》がそう楽しげに声を上げた。

「ちょ、冬姫《ふゆき》……！」

ザワッ……！

周囲の視線が再度こっちに集中する。

冬姫《ふゆき》も冬姫《ふゆき》で黙っていれば美少女だし、特に〝アキバ系〟に精通した〝アキバ系マスター〟としてそっち方面では明日夏《あすか》もかくやという絶大な人気を誇っている。そんな冬姫《ふゆき》が明日夏《あすか》に続いてそんな発言（パパ＆ママ）をしようものなら、それはもう通学路の視線を独占しよう（悪い意味で）というものですよね……

「……おい、あいつまさか、冬姫《ふゆき》さんともそういう関係なのか……？」

「『白銀の星屑《ニユイ・エトワーレ》』だけじゃなくて、我らが崇高な〝アキバ系〟の姫にまで手を出すとは……万死に値する……！」

「山盛りに積もったネコの糞《ふん》を踏ませてやる……！」

「それだけじゃ足りん……ここは邪神に魂を売り渡して外出したら絶対に腹が痛くなるがトイレが見付からない呪いをかけてやる！」

「……」

とうとうこっちは『社会的に呪殺計画』にまで発展してしまいました。

いたたまれなくなって毛を刈られたアルパカみたいに小さくなる俺の横で、明日夏《あすか》と冬姫《ふゆき》は声を弾ませて『がんばるかぞく計画』の話をしている。

ここで問題となっているのは計画の名称はもとより……〝パパ〟と〝ママ〟。

その耳目を集める単語。

もちろんこれは……ゴ、ゴホン、その、当然文字通りなわけではなくて、事情があるのであって――


「――学年記念制作をやってもらおうと思うんだ」

遡ること一週間ほど前。

『ＡＭＷ研究会』の部室で、修学旅行のお土産である某白っぽい恋人をもぐもぐと食べながら神楽坂《かぐらざか》先輩がそう口にした。

「学年記念制作……ですか？」

「うん、そうだよ。君たち一年生がこの『ＡＭＷ研究会』に入ってもうすぐ一年が経《た》つ。それを記念して、君たち全員で何か成果物を披露してもらおうというわけだ」

明日夏《あすか》、冬姫《ふゆき》、三K、俺の顔を見渡してそう言う。

成果物……確かに明日夏《あすか》と二人でピアニッシモちゃんのイラストを描いたり、『魔法少女ドジっ娘マホちゃん』の同人誌を作ったり、〝夏コミ〟にサークル参加をしていたりはしていたけれど、このメンバー全体で何か一つのものを作るということは今までやっていなかった。

「わー、いいないいなー！　面白そうー！　だったらここはハデにぱーっと大回転して、みんなで二時間の劇場版オリジナルアニメでも作ろうぜー！」

冬姫《ふゆき》が真っ先にそう声を上げる。

「そ、それはさすがにムリではないですかな……。現実的なところではドラマCDあたりが面白そうではないかと思うのですがな」

「オーソドックスに同人誌も捨てがたいですね」

「ソシャゲを作るとかもいいんじゃないか！」

「えー、やっぱアニメだよアニメー！　ぬるぬる動いて覇権を取れそうな神アニメを作っちゃおうぜー！」

にわかに盛り上がる冬姫《ふゆき》と三K。

とはいえそれぞれの意見がまったくもってバラバラであるため、なかなか決まらない。

と、そこで神楽坂《かぐらざか》先輩が言った。

「あー、盛り上がっているところ悪いが、実はテーマはもう決まっているんだ」

「え、そうなんですか？」

「うん。君たちには……」

そこで言葉を止めると、

「――VTuberを作ってもらおうと思っている」

「あ、VTuberかー！　うんうん、それいいかもー！」

「そうですな、個人でやる勢もだいぶ増えてきましたし、今なら我々でもかなり手軽にVの者となることも可能かもしれませんな」

「かわいらしい愛娘《まなむすめ》を作るようなものですね」

「娘作りだ娘作り！」

神楽坂《かぐらざか》先輩のその言葉に、興奮の声を上げてそううなずき合う冬姫《ふゆき》と三K。

そんな喧噪《けんそう》の傍《かたわ》らで。

と、明日夏《あすか》が一人、難解なビジネス用語を聞いた幼稚園児みたいな顔で首を捻《ひね》っていた。

「ぶいちゅーばー……？」

「あ、ええと、VTuberっていうのは……」

「？」

ちょこんと首を傾ける明日夏《あすか》にこっそりと説明する。

ここ最近で劇的に〝アキバ系〟に慣れ親しんできているとはいっても、まだまだマンガ、ア

ニメなどのメジャーどころに関する基礎知識以外については知らないことの方が多いんですよね。

明日夏《あすか》にVTuberについて知っていることを教えていると、神楽坂《かぐらざか》先輩が高らかにこう宣言した。

「――それじゃあ決まりだね。君たち一年生の学年記念制作として、年内にVTuberを作ってもらおう。ふふ、どんなものができあがるか、とても楽しみだ」

1

――ということがあったのだった。

『AMW研究会』一年生が総員でがんばって、かわいくてぞくぞくしてくるおしいほどに愛らしいVTuberを作ろう計画……略して『がんばるかぞく計画』。

文字通り、『AMW研究会』の一年生全員でオリジナルのVTuberを作ろうという計画だったりします。

ちなみに今さらながらの説明なんだけれど、VTuberというのはバーチャルYabee Tuberの略であり、CGで描かれたアバターというキャラクターを使って動画投稿、配信などを行うユーザーのことをいうらしい。

そしてそのアバターのキャラクターデザインをしたイラストレーターのことを〝ママ〟と呼ぶのが一般的であり、またその関連で3Dモデルの作成者のことを〝パパ〟と呼ぶことがあるのだという（これについては俺も最近知りました）。

明日夏《あすか》や冬姫《ふゆき》たちが使っているママはこちらの意味だけれど、パパについてはそうではなくて、単にママとの対となる立場という広義のVTuber作成者という意味で言っているのだと思われます。

「せっかくママになれるチャンスなんだからやっぱり〝娘〟はかわいい方がいいよねー！　おしゃれな小物とかは外せないっていうかー」

「そうですね。ぴょこんと飛び出した髪の毛とかもあるとかわいいかもです」

「お、いいねいいねー。さすが乃木坂《のぎざか》さんー。分かってるー！」

「そ、そうでしょうか？　え、えへへ……」

楽しそうに『かぞく計画』について話し合う明日夏《あすか》と冬姫《ふゆき》。

その様子を見ながら、それにしても……と思う。

もちろん違った意味とはいえここまでパパやママや娘などの単語を連呼されてしまうと、どうしても、その、本来のそういった方向性でのあれやこれやについても考えてしまうわけであって……

「……」

少しばかり想像してみる。

例えば明日夏《あすか》と、冬姫《ふゆき》と、ママとパパになって娘がいたとしたら……

・明日夏《あすか》の場合

「おはようございます、あなた」

「あ、おはよう、明日夏《あすか》」

「ふふふ、寝ぐせがついて前髪がピッ●ロ大魔王さんみたいになっちゃってますよ。朝ご飯の支度はできていますから、洗面所で直してきてはどうですか？」

「あ、うん、そうしようかな」

「はい。……でもその前に……えいっ♪」

「あ、明日夏《あすか》？」

「あの子が起きてくるまでにまだあるから……せんせー、おはよっ♪」

「ちょ、きゅ、急に抱きついてくると危ないって……」

「へへ～、だってあの子の前でこっちのモードになるとからかわれるんだもん。今のうちにせんせー分をたーっぷり補充しとかないと♪」

「そ、それはそうかもだけど……」

「えへへ、ぎゅ～……」

「……」

「……え、ええと、明日夏《あすか》、もうすぐあの子が起きてくるだろうからこの辺で――」

「んーと、もうおきてるよー」

「！」「!?」

「ていうかさっきからずっとみてたんだけどな～。も～、ぱぱとまま、ゆだんするとすぐにいちゃいちゃするんだから」

「え、そ、それは、え、えと……」

「な、何というか……」

「ていうかままだけでずる～い！　わたしもぱぱといちゃいちゃする～……えいっ」

「！　こ、こら、シャツの中に潜り込んできたらダメだって……」

「これくらいいいじゃ～ん。ごろごろ～。わたし、おおきくなったらぱぱのおよめさんになるね♪」

「そ、それはだめです！　善人《よしと》さんのお嫁さんは、わ、私なんですから。め、めっ、ですよ……！」

「じゃあままはらいばるだね～。へへ～」

「も、もう……」

「……（幸せ）」

・冬姫《ふゆき》の場合

「ただいま」

「おー、お帰りなさい、善人《よしと》ー！　頼んでたニャンテンドースイッチライトは買ってきてくれたー？」

「ん、ばっちり。ほら、これ。色はミントブルーでよかったよな？」

「うんうん、さんきゅー、さっすが善人《よしと》ー。ご飯食べたらいっしょにやろうぜー！」

「うん、オッケー」

「へへー、善人《よしと》といっしょにゲームするの楽しいんだよねー。また負けた方がラブラブ罰ゲームだからねー」

「あ、おとーさん、かえってきてたんだ。ねーねー、おとーさん、『食い合え、肉食獣の森』はー？」

「そっちも大丈夫。ちゃんと買ってきた」

「やったぜー！　わーい、これだからおとーさんだいすきー！」

「こ、こら、ヒザの上で寝るのはやめなさい」

「えー、いいじゃんー。おとーさんのヒザの上、床暖房みたいであったかくておちつくんだもんー」

「ま、まったく……」

「あ、こらー。善人《よしと》のヒザの上は私の指定席なんだからー」

「えー、はやいものがちだってー。ていうかおかーさんもいっしょにごろごろすればいいじゃんー」

「あー、それもそっかもー。じゃあ私もー」

「えへへー、おとーさんとおかーさんといっしょだー」

「……（ご満悦）」


「……」


悪くなかった。

というよりも……ほとんど理想郷です。いまだに周りから生ゴミを見るみたいな視線を向けられている現状からすると現実に帰ってきたくなくなる……

甘々《あまあま》な妄想に浸って半ばトリップ状態になっていると、

「？　澤村《さわむら》さん、何だかぼんやりとしているように見えますがどうかされたのですか？」

「なーんかマタタビ漬けになった中年ネコみたいな顔してたねー。あ、分かった！　朝からあまーい百合《ゆり》モノの同人誌を貪るように読んできたんでしょー？　分かる分かる、あれは合法ドラッグみたいなものだもんねー」

「あ、い、いや、違うよ⁉　何でもない！」

「？」

「ヘンな善人《よしと》ー」

明日夏《あすか》と冬姫《ふゆき》が不思議そうな顔をする。

ともあれ動き始めた『がんばるかぞく計画』。

とはいってもそこに問題がまったくないわけではなくて……


「それじゃあ今日は各々《おのおの》が用意したキャラデザイラストを発表してもらおうか」

その日の放課後。

『がんばるかぞく計画』ミーティングのために『AMW研究会』の部室に集まった俺たちに、神楽坂《かぐらざか》先輩がそう言った。

キャラデザとはキャラクターデザインのことであり、VTuberのアバターの原型となるものである。

ちなみにVTuberを作るために必要な工程には、ざっと以下のようなものがあるらしい。
・イラストを準備する。
・大まかな設定、キャラ付けなどをする。
・簡単な脚本などを作る。
・中の人を決める。
・3DCGアバターを作る。
もちろん他にも細かな作業はたくさんあるけれど、大まかなところとしてはこんなものであるとのことだ。

キャラクターデザインはその工程の最初の一歩であり、VTuberの文字通り顔を決める重要な要素でもあった。

そのため各自そのデザイン候補を考えて発表することになっていたのだけれど……

「ふむ、用意してきたのは乃木坂《のぎざか》さんと朝倉《あさくら》さんの二人だけということでいいのかな？」

そもそもまがりなりにもイラストらしきイラストを描けるのが、『AMW研究会』には冬姫《ふゆき》と明日夏《あすか》しかいない。

三Kたちはこういった創作系とは基本的に無縁の見る専だし、ライト層の極みみたいな俺は言わずもがなである。

なのでキャラデザイラストは、必然的に明日夏《あすか》と冬姫《ふゆき》の二人の候補作から選ばれることになっていた。

「じゃあ私から見せるねー！　じゃじゃーん、これだよー！」

「お……」

声を弾ませながら冬姫《ふゆき》が差し出してきたタブレット上のイラスト。

明るい髪色のツインテールの女の子（ニーソックス装備）が活《い》き活《い》きとした表情で目を引くポーズを取っているそれは、デザインも色の塗りも素人目《しろうとめ》から見たら完璧で……ほとんどプロが描いたものと見紛《みまご》うばかりの見事な出来だった。

「おお、これはいいですな！　定番でありながら小物や塗り方などで他のものとは差別化が図れていますな」

「ツインテールはいつの時代も鉄板中の鉄板ですよね！　ああ、この熊野筆のような毛先で首筋を優しくくすぐられたい……」

「俺はニーソックスをマスク代わりにして芳醇《ほうじゅん》な空気を吸いまくりたいぜ！」

三Kたちも（変態性をいかんなく発揮して）絶賛する。

さりげなくこんな超絶レベルのイラストを披露してくるのは安定の冬姫《ふゆき》クオリティといいますか……

「うん、これだけ隙のないラインナップでまとめてくるのはさすが朝倉《あさくら》さんといったところか。申し分ないね。――じゃあ次は乃木坂《のぎざか》さんのものを見せてもらおうか」

「あ、は、はいです……」

「……」

少し声を小さくしながらおずおずと明日夏《あすか》が差し出してきたイラスト。

こちらの黒髪の大人しそうな女の子が上目がちに見上げてきているそれは……ほんの八ヶ月前にはほとんど素人《しろうと》同然だった明日夏《あすか》の腕前からすれば格段の進歩で、妖怪テイストもかなりの加減で抑えられてはいたものだった。

それ単体で見れば十分にレベルの高いイラスト。

たぶんネットで公開でもしたら普通にいい評価をもらえるものだろう。

とはいえ……今回に関しては比較対象が悪すぎた。

「うーむ、乃木坂《のぎざか》さんのものも魅力的なのですがな……」

「そうですね、冬姫《ふゆき》さんのものが際《きわ》だって尊すぎると言いますか……」

「SSRとSRの戦いって感じなんだよな！」

「うう……」

三Kたちもフォローはしてくるものの、大きな流れは変わることなく。

「――それでは、キャラデザは朝倉《あさくら》さんのものを採用することにしよう」

結局、キャラデザイラストは冬姫《ふゆき》のものが採用されることとなった。

明日夏《あすか》の提示したイラストからは、髪型や小物などの一部のデザインが部分的に使われるにとどまったのだった。

・乃木坂明日夏《のぎざかあすか》の秘密⑬④（秘密レベルB）
イラストが妖怪画仕様からだいぶうまくなった。

2

「せ、せんせー、だめだめだったよー……！」

ミーティングが終わって。

二人だけになった後、人懐《ひとなつ》こいモードになった明日夏《あすか》が泣きそうな顔でそう言ってきた。

「明日夏《あすか》……」

「ぜ、ぜんぜんわたしのアイデア、採用されなかった……も、もちろん朝倉《あさくら》さんのイラストがすっごくうまいのは分かってるんだよ〜。絵柄もかわいいしデッサンもしっかりしてるし構図とかもほとんど神だし、レベルが違うのは分かるっていうか……で、でも……わたしの考えた部分も、もうちょっとでいいから使ってほしかったのに……」

「うーん……」

確か明日夏《あすか》のデザインしたイラストで採用されたのはアホ毛と眉毛と靴紐《くつひも》の色のみ。

さすがに一生懸命考えた結果がそれでは悔しいんだろう。

その気持ちは分かるものの……

「でも相手は冬姫《ふゆき》なんだし、そこまでこだわらなくても……」

何といってもこの分野では冬姫《ふゆき》の能力は頭三つくらい飛び抜けている。物心ついた時からというかヘタをしたら生まれる前から〝アキバ系〟に囲まれて育った約束されたサラブレッドなのは伊達《だて》じゃない。明日夏《あすか》も一生懸命に努力しているとはいえ、やっぱり年月の壁はそうそう超えられるものじゃないと思う。

そのことを伝えると、

「そ、それは分かってるよ……朝倉《あさくら》さんは〝アキバ系〟についてはものすごく——それこそお姉ちゃんレベルで先を行ってて、ほんとだったらわたしが張り合おうとするなんておこがましいってことくらい……で、でも……」

「？」

「で、でも、今回のこれは特別っていうか……だ、だって、パパとママになるってことは……

そ、その、生まれてくるアバターは、せんせーとわたしの子どもっていうか、〝娘〟みたいなものっていうか……」

「娘……」

その言葉に、一瞬、先日妄想した娘の姿がほわほわと頭に浮かぶ。

明日夏《あすか》によく似た小学生くらいの女の子が、「ぱぱだいすき〜♪」と言いながらチューリップみたいな笑みを浮かべていた。

「……って、わ、わたし、なに言ってるんだろ⁉　い、いくらパパとママっていっても、み、みんなで作るものなのに……」

と、明日夏《あすか》がはっと我に返ったように両手を頰に当てる。

「ご、ごめんねせんせー、ヘンなこと言って……！　わ、忘れてくれるとうれしいかな〜」

「明日夏《あすか》……」

「あ、あはは……」

困ったような顔で明日夏《あすか》が笑う。

だけどそれまで言ってくれていた内容から、その、明日夏《あすか》はアバターのことを俺との娘みたいなものだからと大切に考えてくれていることは分かった。

だったら……サワガニ型クリムゾン（マジカル☆ジェノサイドフライで唐揚げにされた）並の助力でしかないかもしれないけれど、少しは力になりたい。

なので俺はこう提案した。

「――ん、じゃあ、脚本とか設定の方でがんばるのはどうかな？」

「え？」

「ほら、脚本だったらイラストほど分かりやすくは差が出ないっていうか。それに明日夏《あすか》は〝夏コミ〟で『魔法少女ドジっ娘マホちゃん』の小説を書いたことがあるし、こっちの方が得意かもしれない」

その言葉に明日夏《あすか》がはっとした表情になる。

「あ……そ、それはそうかも……」

「だからそっちに力を入れてみるのがいいんじゃないかな。俺も協力するからさ」

「せんせー……りょ、りょーかい！　お願いします♪」


「――うん、キャラの基本的な性格と設定、脚本は乃木坂《のぎざか》さんのものを採用しよう」

「あ……っ……」

三日後の放課後。

神楽坂《かぐらざか》先輩のその言葉に、明日夏《あすか》がぱあっと表情を輝かせた。

「とてもよく出来ている。朝倉《あさくら》さんのものもレベルが高かったが、熱量という点で乃木坂《のぎざか》さんの方に軍配が上がったといったところかな」

神楽坂《かぐらざか》先輩がそう言って、

「うむうむ、いいですな。この恥ずかしがり屋なのですがリスナーにだけは心を開いているというところが〝アキバ系〟心をくすぐりますぞ」

「〝秘密〟を共有してる感覚がたまらないですね。ナチュラルに守ってあげたくなる要素はポイントが高いと思います」

「この子は推せるぜ！」

三Kたちからの評価も上々だった。

「や、やりました……！」

明日夏《あすか》がこっちを見ながら嬉《うれ》しそうにそう言ってくる。

今回採用されることとなった要素は、明日夏《あすか》といっしょに考えながらまとめたものだ。

とはいっても俺がやったことといえば設定執筆中にお茶くみをしたり、休憩中に本格タイ式マッサージをして凝りをほぐしたり、アイデアが行き詰まった時に興奮状態になったオオクワガタの物真似《ものまね》をして空気を和ませたりするというちょっとした息抜きの手伝いをしたくらいで、ほとんどは明日夏《あすか》が考案したものだった。

「あ、ありがとうございました！　これも澤村《さわむら》さんのおかげです……♪」

喜びのあまりお嬢様モードにもかかわらずその場で美味《おい》しい木の実を発見したエゾリスみた

いにぴょんぴょんと跳ねる明るい表情の明日夏《あすか》の姿を見ていると、その辺の細かいことはどうでもよく思えてくるんですよね。

「…………」

ともあれ明日夏《あすか》の望みを叶えることに成功して。

普段だったらそこでおしまいのはずだったんですが……

「よ、善人《よしと》ー！　負けちゃったよー！」

その日の夜。

自室のベッドでゴロゴロと寝そべりながら『アイドルルーラードジっ娘マホちゃん♪』をやっていた俺に、あいかわらず庭の木をよじ登って窓から不法侵入してきた冬姫《ふゆき》がダイレクトダイビングしてきた。

「ぐ、ぐふっ……⁉　と、突然何なんだって……」

思わずモビルスーツのような声を出しつつ悶絶《もんぜつ》しながら尋ねると、俺の上にまたがった冬姫《ふゆき》がじたばたと手足を動かしながら声を上げた。

「何って今日の『がんばるかぞく計画』のミーティングだよー！　ぜんぜん私のアイデアが採用されなかったじゃんかー！」

「え？　あ、うん、それは残念だったけど……」

「残念なんてもんじゃないよー！　もう無念っていうか諸行無常の極みだよー！」

ぱたぱたと手を振り回しながらよく分からないことを口にする。

「でもキャラデザではほとんど冬姫《ふゆき》のイラストが採用されたんだから、ここは妥協しとくべきっていうか……」

その言葉に冬姫《ふゆき》は言葉を詰まらせて、

「そ、それはそうかもだけどー……で、でも、VTuberでは性格とかキャラ設定とかってすっごく大事なんだよー！　もちろん乃木坂《のぎざか》さんのアイデアがよかったのは分かるんだけど、それでももうちょっとくらい私の考えた要素も採用されてほしかったっていうかー……」

もじもじとスカートの裾を握り締めながら（俺にまたがったまま）小さくそう声を漏らす。

何だか明日夏《あすか》と似たようなことを口にしてますね……

「……それに善人《よしと》、乃木坂《のぎざか》さんに協力したんでしょー？」

「え？」

なんか、バレてる……？

「いいっていいって、知ってるよー。それが悪いなんて言わないし、そうやって忠犬ハチ公型クリムゾンみたいに気兼ねなくだれかの助けになれるのは善人《よしと》のいいところだと思う。で、でも……」

「？」

「そのお助け力を……少しでいいから、私にも分けてほしいんだよー……せ、せっかく、その、パパとママになれるんだからさー。〝娘〟みたいなポジションになるアバターには、できるだけ愛情をこめたいっていうかー……」

「冬姫《ふゆき》……」

やっぱり明日夏《あすか》と同じようなことを言いながら、きゅっと唇を結んで真剣な顔で小さく見つめてくる。

冬姫《ふゆき》のこんな表情……初めて見たような気がする。

それだけ冬姫《ふゆき》も、〝娘〟としてのVTuberを大事に考えているってことか……

「……」

こんなに直向《ひたむ》きな様子で（俺にまたがったまま）ここまで言われてしまっては、首を横に振るなんてできなかった。

「……分かった、俺にできることなら。でもあくまで補助だけで、メインは冬姫《ふゆき》が考えるんだからな」

「！　う、うんー、それでいいよー！　さんきゅー、善人《よしと》ー！」

冬姫《ふゆき》が（俺にまたがったまま）両手を上げてバンザイをして。

今度は冬姫《ふゆき》のヘルプをすることになったのだった。

その後も似たような状況が続いた。

明日夏《あすか》と冬姫《ふゆき》、それぞれの『がんばるかぞく計画』のアイデア出し。

二人のアイデア採用率はほとんど拮抗《きっこう》状態で、どちらかの案が取り入れられるその度にもう片方から助けを求められた。

もちろん二人を手伝うことは『がんばるかぞく計画』の促進にもなるし、何より明日夏《あすか》と冬《ふゆ》姫《き》の力になれるのなら協力すること自体はこれっぽっちもやぶさかではなかったんですけど
……

「せん、せんせー！　今度のやつもまただめだめだったよ～……」

「あ、うん、ええと、だったら次は……」

「も、もうわたしだけじゃダメだよ～！　こ、ここはパパとしてせんせーにはみっちり一晩中〝娘〟の今後の教育方針について考えてもらわないと……」

「きょ、教育方針って……」

「子育てはパパの協力がないとうまくいかないものなんだから～。……ほ、ほら、将来のためにもせんせーにはちゃんとしてもらわないと……」

「しょ、将来……？」

「！　あ、そ、それはなんでもなくて……と、とにかく手伝ってよ〜、お願い……っ……！」

何だか微妙なことを口走った明日夏《あすか》に泣きつかれて〝娘〟の教育方針ことキャラ設定を二人で夜通し考えたり。

「よ、善人《よしと》ー！　企画が通らなかったよー！　どうしたらいいー！」

「ああ、それは別の切り口から考えてみれば……」

「別の切り口ってどの切り口ー！　それが分かんないから訊《き》いてるんじゃんー！」

「わ、分かったから、またがってくるのはやめてって……！」

「やだー、やめないー！　善人《よしと》がいっしょに手伝ってくれるまでずっとここにいるんだからー！」

「や、やる、やるから……！」

かと思えばまた窓から不法侵入してきた冬姫《ふゆき》（結局またがられたまま）とアホ毛と並び立つような特徴的な髪型について話し合ったりと色々と奮闘したものの。

「せ、せんせー！」

「よ、善人《よしと》ー！」

「…………」

あちらを立てればこちらが立たずの状態。

基本的にマルチタスクができないミドリムシ型クリムゾンみたいに不器用な性質なため、かなりいっぱいいっぱいの状況です。

そして……


「せ、せんせー！　今度のミーティングだけど……！」

「よ、善人《よしと》ー！　次のミーティングなんだけどさー……！」

とうとう恐れていた事態がやってきてしまいました。

「あ、あれ……朝倉《あさくら》さん？」

「の、乃木坂《のぎざか》さんー……？」

顔を見合わせて困惑した表情を浮かべる明日夏《あすか》と冬姫《ふゆき》。

登校中に通学路の曲がり角で食パンをくわえながらぶつかる少女マンガのお約束みたいな見事なバッティング。

次回のミーティングとそのテーマが決まって解散したところ、その帰りの校門のところでちょうど二人が鉢合わせたのでした。

というのも……いよいよ次回、この『がんばるかぞく計画』において最後の一番大事なパートを決めることになったからなんですよね。

VTuberにおける、必要不可欠にして最も重要な要素。

そう――中の人をどっちがやるか。

ちなみに昨今においては〝バ美肉《びにく》〟という選択肢もあるため三Kのだれかや俺がやるということも可能性としてはゼロではなかったのだけれど、やはりここはどう考えても本物の女子がやった方がいいだろうということに満場一致で決まったため、明日夏《あすか》と冬姫《ふゆき》二人の決戦投票となったのだ。

そしてその審査が三日後の週明けに行われることになり、こうして見事に二人からヘルプを求められているわけだけれど……

「あー、えっと、たぶん乃木坂《のぎざか》さんも、私と同じ用事だよねー……？」

うかがうように見上げながら冬姫《ふゆき》がそう口にする。

「え？　あ……は、はい、おそらくそうだと思います」

「次のテーマがなんていっても中の人だもんねー。魂っていうくらい一番大切なところで、ここはやっぱり譲りたくないっていうかー……」

「そ、それは、そう……かもです」

冬姫《ふゆき》の言葉に明日夏《あすか》が真剣な表情でこくこくとうなずく。

ここまで、二人の意見はほぼ同じくらいの割合で採用されてきた。

だけどこの、中の人だけは、二人ともというわけにはいかないのであって……

「……」

「……」

何となく、二人の間にマルチーズとヨークシャーテリアとがどちらがより速くシッポを振れるかで牽制《けんせい》し合っているような空気が漂う。

しばしそんなワンワン大戦争みたいな状態が続いた後、

「……ん、そうだよねー。ここでこうしててもしょうがないかー」

冬姫《ふゆき》が小さく息を吐いてそう言った。

「乃木坂《のぎざか》さんも私も善人《よしと》に助けてもらいたいって気持ちは同じ。でも今回に限っては善人《よしと》がどっちか片方だけを応援すると不公平になるからそういうわけにもいかない。──だったらさー、ここは公平に善人《よしと》をシェアしないー？」

「シェア……ですか？」

「うん、そうそうー。今流行の善人《よしと》シェアリングってやつー？」

「……」

いや車とかじゃないんですから……

しかも本人（俺です）の承諾をまったくもって取っていないところがまた実に冬姫《ふゆき》らしいというか……

そんな俺の内心など完全に既読スルーで、冬姫《ふゆき》はびっと俺たちの方を指さすと、

「こうなったらもうさー、私たち二人と善人《よしと》で、合宿するんだよー！　ほら、せっかくの土日なんだからそれを活《い》かしてさー。VTuberの中の人はどんなムーブをしているのかを三人で全部徹底的に裸にして分析する合宿……名づけて『全裸ムーブ分析合宿』かなー！」

ものすごくいいことを考えついたって顔で（絶対今この瞬間思いついた）、そう言ったのだった。

・乃木坂明日夏《のぎざかあすか》の秘密⑬⑤（秘密レベルA）
〝娘〟は特別な存在らしい。
・乃木坂明日夏《のぎざかあすか》の秘密⑬⑥（秘密レベルB）
中の人については譲れないらしい。

3

乃木坂《のぎざか》邸は、今日も変わらずセレブの極みみたいなたたずまいだった。

見上げると首が痛くなるほどの巨大な門（監視カメラ付き）のインターホンを冬姫《ふゆき》と並んで押すと、中から静琉《しずる》さんが迎えに出てくれた。

「お久しぶりです～、善人様《よしと》」

「あ、どうも静琉《しずる》さん、ごぶさたしています。最近あまり会えなかったですけど、忙しかったんですか？」

「あ、はい～。休暇で里帰りをしていまして～。こちらお土産に金目鯛《きんめだい》の干物を～……」

笑顔でそうエプロンドレスから何かを取り出しかけた静琉《しずる》さんに、

「わー、やっぱリアルメイドさんはいいよねー！　上品な身のこなしといいこのメイド服の自然な着こなしといい、エモエモで胸熱だー！」

「あ、え、ええと～……」

「髪とかさらっさらだしなんかいい匂いがするー！　へー、ブリムって本物はこんな感じなんだー？　ここのフリルってどうなってるのかなー？　うーん、テンションあげあげだぜー！」

「あ、朝倉《あさくら》様ですよね～？　よ、ようこそいらっしゃいました～。お二人ともどうぞこちらへ～」

むしゃぶりつくような勢いで冬姫《ふゆき》に迫られて若干引き気味な静琉《しずる》さんに先導されて、お城のような屋敷《やしき》へと足を踏み入れる。

「いらっしゃいませ、澤村《さわむら》さん、朝倉《あさくら》さん♪」

玄関（うちの居間よりも広い）のところで、明日夏《あすか》が笑顔でそう出迎えにきてくれて。

その後ろには、

「や、いらっしゃいおに～さん♪」

「お待ちしておりましたよ～♪」

にこにこ笑顔の美夏《みか》さんと那波《ななみ》さんが並んで手を振っていた。

「こんにちは、美夏《みか》さん、那波《ななみ》さん」

「おじゃましますー」

「どうぞどうぞ～。そっちの女の子は……お、信長《のぶなが》くんのとこの冬姫《ふゆき》ちゃんか～。懐《なつ》かしいな～」

「？　お父さんのこと知ってるんですかー？」

「うん、知ってるっていうか、昔からの知り合いかな～」

ちょこんと首をかたむけながらそう答える。

そうなんですね。意外といえば意外だったけれど、考えてみればこう見えて冬姫《ふゆき》もなかなかのお嬢様だし、そういったセレブリティラインで繋《つな》がりがあってもおかしくないのかもしれません。

「ま、それはいいとして……あ、そだ。そういえばおに～さんとなかなか会えないから、静琉《しずる》さんがさみしがってたよ～？」

「え？」

「み、美夏《みか》様～！」

美夏《みか》さんの一言に静琉《しずる》さんが声を上げる。

「え～、だってほんとのことじゃ～ん。ね、那波《ななみ》さん？」

「そうですね～、そわそわしていてかわいらしかったですよ～」

「な、那波《ななみ》さん～……！」

「そういえばここのところ、澤村《さわむら》さんが次にいつ来るのかとよく尋ねられた気がします……」

「あ、明日夏《あすか》様～……!?」

三方向から突っこまれて、静琉《しずる》さんがどうしてか慌てた様子を見せる。

まあ確かに静琉《しずる》さんと顔を合わせるのはけっこう久々なんですよね。最後にちゃんと会ったのはそれこそ十月の一日メイド体験の時だっただろうか。そういう意味では俺としても気になってはいたんだけど……

「むむ……善人《よしと》のやつー、いつの間にかこんなきれいなメイドさんまで攻略対象にしてるなんて……これだから油断できないんだよなー」

「？　何か言った？」

「……何でもなーい。ほんっと、フラグを立てるだけ立てて回収しないウスバカゲロウなんだからー」

「……？」

つーんと唇をとがらせてそっぽを向く。

理由はさっぱり分からないけど、文句を言われているような気がします……

「──それで、合宿っていっても一体何をするつもりなんだ？」

明日夏《あすか》の部屋に通されて。

現状における根本的なことを、俺は尋ねた。

「あ、だいじょうぶだいじょうぶ、そこは抜かりないよー！　じゃじゃーん！」

「？」

そう言って冬姫《ふゆき》が取り出したのは、愛用のタブレットだった。

ところどころカスタマイズされたオリジナルのハイエンド冬姫《ふゆき》仕様で、裏面には『ドジっ娘マホちゃん』が荒ぶる鷲《わし》のポーズをとるカラフルなイラストがでかでかとプリントされている。

「この中に最近流行《はや》ってるVTuberとか個人的に面白そうだなーって思うVTuberを中心に、動画をたくさん入れてきたんだよー。まずはこれを見てみて、中の人がどういうムーブをしてるかを勉強するのがいいんじゃないかなー？」

それは確かに一理も二理もあった。

適当に思いついた見切り発車的な『全裸ムーブ分析合宿』かと思ったら意外とちゃんと考え

ているんですね……

「というわけでどんどん見てくよー！　時間無制限ルール無用の乱れ咲き大回転VTuber百本勝負だー！」

冬姫《ふゆき》のそんな号令とともに。

三人で動画を見始めたわけなんですが……

「……」

「わ、この方、とっても歌が上手です。高音の伸びがすごくきれいで……」

「聞いてて心地いいよねー。ていうかこのチャンネルは知ってるけど、所属してるメンバーはみんな歌も喋《しゃべ》りもうまいよー。『歌ってみた』はメジャーなジャンルだし、チェックしておいて損はないと思うよー」

「そうなんですね……はい、しっかりチェックします！」

「……」

「うんうん、やっぱりVTuberっていったらゲーム実況は欠かせないよねー！　ＦＰＳとか見てるだけで血湧き肉躍るしー」

「えふぴーえす？」

「ファーストパーソン・シューターの略だよー。主人公の本人視点で進めていくシューティングアクションゲームのことかなー」

「あ、そ、そうですよね！　も、もちろん知っていました……！」

「……」

「へー、ラノベ読みを専門にしてるVTuberとかもいるんだー」

「たくさんライトノベルを読んでいるんですね。それに知識も豊富で……すごいです。あと耳とシッポと声がすごくかわいくて……♪」

「ほんとにラノベが好きだってことが伝わってくるからいい感じだよねー！」

「………」

「わ、この方……こ、昆虫を食べています……」

「タガメっておいしいのかなー？　バナナの匂いがするんだってー」

「そ、想像がつかないかもです……」

「……」

そんな時間。

中には何を言っているのかよく分からない昆虫食風味のものもあったりしたものの、様々なVTuberの動画を見ることができて、確かに参考になったと思う。本当に今は色々な分野のたくさんのVTuberがいるんですね……

とまあそういった感じにおおむね順調だったもののの。

「……」

ただ一つだけ、現状で違和感のあることがあった。

違和感というか、突っこまざるを得ないポイント。

それが何かというと……

「……このポジション、おかしくない？」

今の俺たちの状態。

タブレット
冬姫《ふゆき》
俺
明日夏《あすか》

ふかふかなエクストラキングサイズのベッド（たぶんベッドだけで俺の部屋くらい広い）の上で三人で横並びになって、うつぶせで動画視聴をしている。

それだけでもなんかそこはかとなく落ち着かない心地なのに、タブレットは十インチほどの大きさのため、必然的に明日夏《あすか》冬姫《ふゆき》と俺との距離はほとんどゼロに近いというかほとんど顔を寄せ合っているようなものになるのであって……

「えー、だってタブレットで動画を見るっていったらだいたいこのスタイルでしょー？　善人《よしと》だってこないだベッドでイノブタ型クリムゾンみたいにだらしなくごろんごろんしてスマホ見てたじゃん」

「それはそうだけど……」

「じゃあ何も問題ないってー！　みんなでごろごろしながら見ようぜー！」

そんなことを言いながらごろんごろんとスカートをはためかせながら（目のやり場……）動き回る。

「……」

そうは言うけど一人でスマホを見るのとこうして三人でタブレットを「川」の字で囲むのとでは勝手がサンマとサヨリくらい違うといいますか……

「ふふ、でも何だか楽しいです……こうやってみなさんで身を寄せ合って和やかに動画鑑賞をするのって、いかにも合宿をしているみたいで♪」

とはいえ明日夏《あすか》にまでにこにこ笑顔でそんなことを言われたら、ありのままを受け入れるしかない。

「……」

両サイドからふんわりと漂ってくるいい香り。

明日夏《あすか》は柔らかでフローラルのような石けんのような甘い香りで、冬姫《ふゆき》はさわやかで瑞々《みずみず》しい柑橘《かんきつ》系のような香り。二人が動く度に空気の流れに乗って鼻元をくすぐりまくってくる。うーん、どうして女子ってこんなにいい匂いがするものなんですかね……

甘々《あまあま》としたフレグランスのダブルインパクトに、それこそマタタビ漬けになったドラ猫のようになっていると、

「わぁ、このVTuberさん、『ドジっ娘マホちゃん』のアニメのシーンを再現しているんですね……！」

と、そこで明日夏《あすか》が弾んだような声を上げた。

「このシーン、マホちゃんとカヤちゃんが協力してオオサンショウウオ型クリムゾンと死闘を繰り広げるシーンです！　アニメ三期のクライマックスで……！」

「あ、これ神回だって有名だよねー！　リアルタイムで視聴してた時も盛り上がってもう大変だったよー！　部屋で大興奮して呪文を詠唱しちゃってさー！」

「分かります。私もマホちゃんの必殺技『ミラクル☆ナパームストレッチ』をピアニッシモちゃんのぬいぐるみ相手に再現して怒られちゃいました」

きゃっきゃっと声を上げて盛り上がる二人。

アニメのシーンを再現とか、そういうのもあるんですね。

本当にVTuberは多彩というか……

と、それを見ていてふと思い出したことがあった。

「？　どうしたんですか澤村《さわむら》さん、笑って……」

「ん、そういえば、昔、明日夏《あすか》とこんな風に『ドジっ娘マホちゃん』のシーン再現をしたこと

があったなって思って」

「あ、でしたね。ふふ、だいぶ前ですよね、懐《なつ》かしい」

その時のことを思い浮かべたのか明日夏《あすか》も笑う。

確かあれは〝秘密〟を守るべくコンテストのイラストを描いた時と、〝夏コミ〟に出す小説を書いた時に、より気持ちを込めるためにキャラクターの心情を理解するっていう目的で再現をしたものだったか。俺が醜悪なクリムゾンになりきって「グロッグロッグロッ……支配者がだれか、お前のその無垢《むく》な肉体に教えてやろう！」なんて台詞《せりふ》を口走っているところを鈴音《すずね》に目撃されたりして、不祥事扱いされたのを釈明するのが大変でしたね……

「え、なになにー？　なんの話ー？」

と、冬姫《ふゆき》が興味津々《きょうみしんしん》といった顔でのぞきこんできた。

「あー、うん、実はちょっと前に……」

「うんうんー」

一連の事情を（明日夏《あすか》の〝秘密〟部分はうまくごまかして）説明すると、途端に冬姫《ふゆき》は不満そうな顔になった。

「えー、乃木坂《のぎざか》さんと善人《よしと》だけそんな楽しそうなことやってずるいー！　抜けがけだー！」

「や、ずるいって言われても……」

「ていうか私もやるー！　今すぐやるー！　十秒後にはやるー!!」

そんなことを言い出しました。

「シーン再現ならすぐできるよねー？　ほら、あのシーンとかどうかなー？　確か醜悪で下劣なドブネズミ型クリムゾンが、マホちゃんとカヤちゃんを手込めにしようといやらしい笑い声で迫ってくるシーンとかあったじゃん。乃木坂《のぎざか》さんがマホちゃんで私がカヤちゃん、善人《よしと》がドブネズミ型クリムゾンをやればぴったりだよねー」

確かにそれならできそうではあるけれど……

そして俺はまた醜悪で下劣ないやらしいクリムゾンなんですね……

「ほらほらー、早くやろー！　準備準備ー！」

「あ、は、はいです」

「……了解」

冬姫《ふゆき》に言われるがままに準備を始めて。

そういうわけで、明日夏《あすか》と冬姫《ふゆき》と俺の三人で『ドジっ娘マホちゃん』のシーン再現をやることになりました。

・乃木坂明日夏《のぎざかあすか》の秘密⑬⑦（秘密レベルB）
川の字になってみんなでごろごろするのが好き。

4

「ゲスッゲスッゲスッ……お前たちのマジカルな命運もここまでだチュウ」

「い、いやぁああ……」

「こ、こっちに来ないで、汚《けが》らわしい……！」

「まさに袋のネズミとはこのことだチュウ。お前たちの無垢《むく》で白魚のような足裏を、じっとりと保湿クリームいらずになるまでペロペロと貪り舐《な》めてやるチュウ」

　手を卑猥《ひわい》な感じにワキワキと動かしながら、ベッドの上に並んでこっちを見上げる明日夏《あすか》と冬姫《ふゆき》に近づいていく。

　それにしてもひどい台詞《せりふ》と笑い方と性癖としか言いようがない……

「ゲスッゲスッ……チは恥辱のチ、ユは愉悦のユ、ウは奪い愛のウだチュウ。さあ、大人しく吾輩《わがはい》のこの蠱惑《こわく》的な舌技の虜《とりこ》となれチュウ……！」

「や、やめて……そんな人の道に外れた薄汚い異常性癖のカタマリで、吐き気をもよおすような邪悪なこと……っ……！」

「こ、このド変態……っ……！　き、気持ち悪い……あんたなんかドブネズミの中のドブネズミよ……！」

「……」

いやこの悪口はドブネズミ型クリムゾンに対して言っているんですよね？　あくまでシーン再現上のアドリブで言っているだけであって、俺が言われているわけではない………ですよね？

そこはかとなく胸に刺さるものを感じつつ、なおもゲスい台詞《せりふ》を口にしながら迫っていく。

確か本来のシーンでは、このままいやらしいドブネズミ型クリムゾンが二人にさらなる舌技を披露しようとして、返り討ちに遭って成敗される流れだったはずだ。

なのでその通りに実行しようとして。

「……！」

と、そこで何かが足に引っかかるのを感じた。

見てみるとそこにあったのはいつかのピアニッシモちゃん@バトルモードの等身大ぬいぐるみ。

役（いやらしいドブネズミ型クリムゾンです）に入り込みすぎていたのか、ベッドの上に乗っていたその足が進路上に飛び出していたのに気が付かず。

結果……盛大につまずいた。

「お、おわ……っ……！」

そして会社を定年退職して粗大ゴミと罵られるおじさんレベルで運動不足な俺の身体《からだ》は、不安定なベッドの上ということも手伝って、ヒザから崩れ落ちるように前につんのめることになって……

「え、澤村《さわむら》さん？」

「ちょ、善人《よしと》ー？」

バタバタバタ……!!

牛乳の脂肪を固めて作った食品みたいな音とともに。

俺は覆《おお》い被《かぶ》さるように、明日夏《あすか》と冬姫《ふゆき》に向かって倒れ込んでしまった。

「う、ううん……」

「い、いたたー……」

明日夏《あすか》と冬姫《ふゆき》が声を漏らす。

「ご、ごめん、ピアニッシモちゃんにつまずいて……って!?」

慌てて謝る。

だけど思いっきりベッドに押し倒してしまった勢いで、二人ともスカートがまくれ上がって……その下の新雪のように白い明日夏《あすか》の太ももと、ニーソックスに包まれた冬姫《ふゆき》の絶対領域とが露《あら》わになってしまっていた。

おまけに俺の顔はサンドイッチの具のように明日夏《あすか》と冬姫《ふゆき》の間に挟まっていて、倒れる前に

ワキワキと手を動かしていたことから左手は明日夏《あすか》の胸元を右手は冬姫《ふゆき》の胸元を握り締めてしまっていて、さらに両足は、その、明日夏《あすか》と冬姫《ふゆき》の太ももの間に、鍵穴に鍵がハマるように入ってしまっているという位置関係で……

「!!」

「う、うーん、な、〝夏コミ〟で買った『マホちゃん』の鬼畜R18同人誌でこういう展開があったけどー……も、もしかして、そこまで再現したとかー？」

「ち――違う違う！」

冬姫《ふゆき》の言葉を慌てて否定する。

これは何ていうか、本当に他意のない事故で、自然といやらしい鬼畜ドブネズミ型クリムゾンムーブをしてしまっただけであって……

とはいえ状況が状況だった。

冬姫《ふゆき》の一言に動揺して身体《からだ》を動かそうとしたことで、三《み》つ巴《どもえ》（？）の体勢は絡《から》み合《あ》った足を中心としてさらに複雑になってしまっていて、今や完全に密着したエロ知恵の輪のようになってしまっている。

言ってみれば……パーフェクト・エロツイスターポジション。

名称はともかく今の状態を的確に表していると思います。

と……明日夏《あすか》がぽつりと口にした。

「と、というか……『ドジっ娘マホちゃん』の本編でも、こういうシーンがあったような気がします……」

「え……？」

「あ、う、うんー、あれだよねー？　四期の八話でハルくんがマホちゃんとカヤちゃんといっしょに試験勉強をしてた時に、ピアニッシモちゃんがいたずらをしてみんなでツイスターゲームをやることになるやつー」

冬姫《ふゆき》がそれに同意する。

いつの間にか俺のポジションはゲスでいやらしいドブネズミ型クリムゾンから準主役級のハルくんにまで格上げされていたみたいですね……？　と、それ自体は喜ぶべきことなんだけれど、今はそんなことを気にしている場合じゃない。

「と、とにかくすぐにどくから……！」

ともあれ一刻も早くこのデンジャラスなエロ知恵の輪状態から抜け出そうとして。

きゅっ……

両サイドから、服の袖が小さく引っ張られた。

「え……？」

これは俺の無意識がこの状態から脱することを拒否している……わけではなくて。

明日夏《あすか》と、冬姫《ふゆき》だった。

「あ、え、えぇと……？」

「た、確かあのシーンでは……ハルくんがマホちゃんとカヤちゃんのどっちとマジカルエターナルエンゲージをするか、決断を迫られたんだよねー？」

「え？」

「は、はい……本編ではハルくんは結局選べませんでしたけれど、でも……」

「え、え……？」

二人とも、何を言っているの……？

だけどパーフェクト・エロツイスターポジションを保ったまま、明日夏《あすか》も冬姫《ふゆき》も俺の袖を握り締めている。

そして真《ま》っ直《す》ぐに俺の顔を見上げると、

「『ハルくん……わたし、ハルくんとマジカルエターナルエンゲージをしたい……』」

「『わ、私だって……マジカルエターナルエンゲージだけは譲れない！　ハルは……私とマホ、どっちを選ぶの？』」

「……！」

そんなことを口にしながら、濡《ぬ》れたような瞳をじいっと向けてくる。

もちろんそれはシーンの再現なんだろうけれど、明日夏《あすか》と冬姫《ふゆき》二人の表情はそうとは思えないほど真に迫っているものであって……

え、な、何これ、どういう状況……？

混乱で一瞬、電気ショックを撃ち込まれたクロマグロみたいになる。

お、落ち着こう……これはあくまでマホちゃんとカヤちゃんの台詞《せりふ》だ。

きっとたまたまシチュエーションが被《かぶ》ってしまった勢いで、シーン再現の続きをやろうとして真剣な雰囲気になってしまっているんだろう。う、うん、そうに違いない。

違いないはずなんだけれど……

「『ハルくん……大好き。だからわたしと、わたしとだけマジカルスイートハートとして最後まで二人だけで添い遂げてください……』」

「『私はこれからもハルとずっといっしょにいたい。他のだれよりもハルのことが好きだから。……友だちとして、幼なじみとしてじゃなくて、マジカルスイートハートとして』」

「…………」

だけど二人の声音はどこか違った。

台詞《せりふ》こそシーン通りなものの、そこにはそれを越えた何かがそこはかとなく込められているように感じられて……

何だか、中途半端《ちゅうとはんぱ》な気持ちでは答えてはいけないような感じがした。

マホちゃんとカヤちゃんの、どっちを選ぶ……？

運命的な出会いを果たしたマホちゃんと、ずっと前から幼なじみで気の置けない関係のカヤちゃん。

普通に考えれば……選ぶのはマホちゃんのはずだ。

揺らぐことのない絶対的な正ヒロインであり、理想とも言える相手。

本来だったらそこにだれかが割って入る余地はない。

だけど……今は違うような気がする。

いつの間にか幼なじみでずっと近くにいたカヤちゃんの存在も、どうしてか無視できないほど大きなものになってしまっていて…………い、いや、ハルくんの心理を分析しての話だよ……？

「……」

ど、どうしたらいいのか……

両サイドから向けられてくる真《ま》っ直《す》ぐな視線。

ハルくんも選べなかったっていうのに、俺には選べません……

自分にはこんな主人公的な役回りよりもドブネズミ型クリムゾンくらいの方がお似合いなのかもしれない……などとドブネズミ的な思考に陥り始めて。

と、その時だった。

ガチャリ。

ふいにドアが開いて、

「おに～さんたち、がんばって合宿してる～？　そろそろ休憩したいかな～って思って紅茶とスコーンを持ってきたよ～……って⁉」

にこやかに部屋に入ってきかけて、そこで美夏《みか》さんの動きが止まる。

「な、なにしてるの、おに～さん……！　そ、そんなバブルの時に成金《なりきん》おじさんたちが我を忘れて熱狂したツイスターゲームのセクハラ接待みたいになって……ま、まさか三人で不純異性交遊⁉　あ、明日夏《あすか》ちゃん一人ならともかく、そ、そうゆうのはまだ早いと思うよ！」

「あらあら、事案ですね～」

「ど、どうしましょう～」

美夏《みか》さんだけでなく、那波《ななみ》さんと静琉《しずる》さんもそんなことを言ってくる。

「い、いえ！　こ、これは違うんです……！」

「そ、そうです！　澤村《さわむら》さんは種悪で下劣でいやらしい（クリムゾンの）行為をしていただけで……！」

「そ、そうそうー！　前に乃木坂《のぎざか》さんにやったっていう（クリムゾンの）鬼畜R18ムーブを再現してくれてただけでー」

「ちょ……！」

ま、またそういう誤解を招きそうなことを……

「お、おに～さん、ちゃんと説明してもらうからね～！」

「あ、い、いや、ですから……」

結局、詰め寄ってくる美夏《みか》さんたちに状況を説明するのに十五分ほどの時間を要したのだった。

だけど。

「……」

何だろう。

胸の奥がズゴゴンズゴゴン！　と工事現場のように鳴り響いて、止まらなかった。

・乃木坂明日夏《のぎざかあすか》の秘密⑬⑧（秘密レベルA）
『マジカルエターナルエンゲージ』をしたい……？

5

「ふう……」

色々と大変だった（本当に）シーン再現を終えて。

俺は一人部屋を出て、雉撃《きじう》ち（ナイスショット）を済ませていた。

まだ頭にはさっきまでの余韻が残っていた。

パーフェクト・エロツイスターポジションマジカルエターナルエンゲージ。

そしてその時に求められた……選択肢。

はたしてマホちゃんとカヤちゃん、どっちを選ぶのが正解だったのか……

頭を冷やして考えてみても結論は出ない。

というかこれはあくまでハルくんの問題なんだし、俺がそこまで真剣に考えることはないと言われればそれまでなんですが……

「……」

とはいえ何かが引っかかる。

喉に引っかかったイサキの骨（魚の骨で引っかかる率NO．1）くらいには引っかかる。

てそれを払う。

そこはかとなくモヤモヤとするものが胸に残るものの、釣られたアイナメのごとく頭を振っ

とにかく今は合宿中なんだし、ひとまずこのことは脇に置いておいて、そっちに集中しよう。
あんまり時間もないわけだし。

そう結論付けて手を洗いながら一息吐《ひといきつ》くと、部屋へ戻るべく廊下へと足を踏み出す。

あいかわらずどこかのダンジョンみたいにやたらと広かったため危うく迷いそうになったものの、もう何度も来ていることや一日メイド体験などである程度邸内の全体マップを把握していたことから、何とか真《ま》っ直《す》ぐ戻ることができた。

かわいらしいピンク色のドアプレートがかけられた明日夏《あすか》の部屋の扉。

ドアノブに手をかけようとして、ふと中から笑い声が漏れてくるのが聞こえた。

「あははー、この動画を見れば分かるかもだよー。マホちゃんの劇場版挿入歌には『ノクターン女学院ラクロス部』の声優さんがコーラスで入ってたりもしててさー」

「そ、そうなんですね、知らなかったです……」

「前にやった監督とプロデューサーのシークレットイベントでしか公開されてない設定だからねー。でも乃木坂《のぎざか》さんが『ノクターン女学院ラクロス部』を知ってたのには驚きだよー」

「あ、はいです。それはお母様がよく見られていたので……」

「？」

静かにドアを開けて中の様子をうかがってみると、タブレットの前で笑い合う明日夏《あすか》と冬姫《ふゆき》二人の姿。

その表情はどちらもこの上なく安心したような打ち解けたようなもので……ずっと昔から仲の良かった友だち同士のようにも見える。

「……」

考えてみればそうですよね。

〝アキバ系〟の女神みたいな姉を持ち自身も〝アキバ系〟に興味を持つ明日夏《あすか》（お嬢様・性格がいい）と、生まれた時から〝アキバ系〟に囲まれて〝アキバ系マスター〟の異名を持つ冬姫《ふゆき》（やっぱりお嬢様・性格がいい）。

この二人の、気が合わないわけがない。

今までは明日夏《あすか》が実は〝アキバ系〟にそこまで精通しているわけではないという〝秘密〟があったからあまり打ち解けることができなかったけれど、今となってはそのハードルもだいぶ低いものになっている。二人が仲良くなるのはある意味で必然とも言える流れだった。

「それにしてもさー、さっきの善人《よしと》、ほんっと鈍さの極みっていうかラノベの鈍感主人公くらいニブチンだったよねー」

「え？　あの、それは……」

「乃木坂《のぎざか》さんだってそう思うでしょー？　もー、どうでもいいことばっかり反応してて、肝心のところは何をたとえられてるのか分かんないとかさー、今までも大変だったんじゃないー？」

「それは……その、ちょっと、そうでしたかも……あ、あはは……」

「だよねだよねー？　ほんっと、善人《よしと》ってばウスバカゲロウなんだからー」

「……」

何だか、話している内容が俺の悪口に移行しているような気がするのは引っかかるところですが……

扉の前でしばし二人の楽しげな会話（また俺がウスバカゲロウとかブロントサウルスとか打っても一向に響かないムダにでかい太鼓とか言われてますね……）に耳を傾けてから、俺はゴホンと咳払《せきばら》いをしつつ部屋へと入った。

「あー、ただいま」

「あれ、遅かったね善人《よしと》ー」

こっちに気付くと、冬姫《ふゆき》がうつぶせのまま顔だけ向けてそう言ってくる。

「ん、ちょっと迷って……」

「えー、家の中で迷うとかそんなのあるのー？　もー、こういうところもラノベとかアニメのダメダメ主人公っぽいなー」

呆れたように苦笑する。

「え、そうなの？　迷ったなら連絡してくれればすぐ迎えに行ったのに……じゃ、じゃなかった！　行きましたのに……」

一瞬人懐《ひとなつ》こいモードが出そうになったのを明日夏《あすか》が慌てて押さえ込んでお嬢様モードに戻す。

冬姫《ふゆき》ともだいぶ打ち解けてきたこともあって、素が出そうになったんですかね。

と、それを見た冬姫《ふゆき》が言った。

「あー、そうだ乃木坂《のぎざか》さんー」

「はい？」

「あのさー、そ、そういう、の、はもう大丈夫だよー」

「……え？」

その言葉に、明日夏《あすか》の動きが止まった。

「だからムリして敬語とか使わなくてもいいっていうかー。ていうか乃木坂《のぎざか》さん、〝ア、キ、バ、系〟も実はそこまで詳しくな、か、っ、た、よ、ね、ー？　最近はそうじゃないみたいだけどー」

「え、そ、それはどういう……？」

「んー？　そのままっていうかなんていうか、乃木坂《のぎざか》さん、みんなといる時と善人《よしと》といる時とで感じが違うからさー。隠してたみたいだから今までは特に突っこまなかったけど、仲良くなったしそろそろいいかなーって」

「ふ、ふえ……っ……!?」

突然の冬姫《ふゆき》の告白に明日夏《あすか》がほとんど管楽器みたいな声を上げる。

え、い、今、何て言った……？

ちょ、待って、というか冬姫《ふゆき》、いつから気付いてたんですか……!?

まったく分からなかったというか、さすがにこれは俺が鈍いとかではなくて冬姫《ふゆき》の隠匿スキルが高すぎると思うんですが……

そんな俺の傍《かたわ》らで。

「………な、なんでバレちゃってるの……？　……わ、わたし、だめだめだった……？　やっぱり会話の端々から隠しきれない落ちこぼれのオーラがにじみ出ちゃってた……？　……も、もうだめ……おしまいだよ……きっと明日からわたしのだめだめっぷりが知れ渡って、お姉ちゃんを追いかける道なんて閉ざされちゃうんだ……。…………こ、こうなったら冥界の賢者と七つの鍵を使って、何もかもを全部灰燼《かいじん》に帰すしか……っ……」

明日夏《あすか》が頭を抱えながら、どこぞの美形魔法使いの得意呪文のような物騒なことを口走っていた。ああ、まずい。久々に見るネガティブ要素百二十パーセントの素の第三モードですね……

このままだと地獄の門を開いてしまいそうだったので何とかフォローしようとして、

「えー、でも私はそういう乃木坂《のぎざか》さんもいいと思うよー？」

「……え？」

「ていうかむしろそっちの方が好きかなー。気軽に〝アキバ系〟のこととか話せるし、もちろんお嬢様な乃木坂《のぎざか》さんもいいけど、やっぱり個人的には親しみやすさが第一っていうかー」

「あ……え、えと……」

その思ってもみなかった返答に、明日夏《あすか》も状況がいまいちつかめていないのかこっちを見たまま目をぱちぱちとさせる。

だけどやがて冬姫《ふゆき》の方に向き直って、小さくこう口にした。

「……ほ、ほんとに、こっちの……わたしでもいいの……？」

「うんー、いいいいー」

「で、でも……わたし、落ちこぼれだよ？　必死にがんばって何とか今の体裁をキープしてるだけだし〝アキバ系〟もそこまで詳しいわけじゃないし、おしとやかでもコミュ力があるわけでもないし……」

「そんなのぜんぜん無問題だよー。ていうかむしろぼっちこいって感じー？　あ、でもきっと乃木坂《のぎざか》さんはまだ他のみんなには知られたくないと思うから、そっちには〝秘密〟にしとくからさー。そこは任せといてー」

「あ……」

明日夏《あすか》が声を詰まらせながら口元に手を当てる。

「あ――ありがとう……よろしくね、朝倉《あさくら》さん」

「こっちこそだよー！」

そううなずき合って。

笑顔で握手をしたのだった。

・乃木坂明日夏《のぎざかあすか》の秘密⑬⑨（秘密レベルS）
冬姫《ふゆき》には〝秘密〟が少しバレたけど……受け入れてもらえた。

6

それからも、合宿は継続された。

「じゃあ今度はこっちの動画を見よっかー？　これはマホちゃんの裏設定について色々と考察

したやつだから、乃木坂《のぎざか》さんきっと好きだと思うよー」

「え、ほんと？　見よ見よ！　ほら、せんせーもいっしょに」

「あ、うん。って、やっぱりこの『川』の字は崩さないんですね……」

「それはそうだよ。合宿の基本のキだもん。ね？」

「そうそうー。諦めなって、善人《よしと》ー」

「へへ～♪」

「ふふふー♪」

なぜかさらに距離を詰めてくる二人に若干困惑しながら、さらにたくさんのVTuberの動画を見たり。

「うう、また失敗しちゃった……」

「明日夏《あすか》、これは……？」

「え、ええと、エビフライ、かな～……」

「エビフライ……（ウナギの倶利伽羅《くりから》焼きとかじゃなかったんだ……）」

「えー、意外だなー。乃木坂《のぎざか》さん、料理あんま得意じゃないんだー？」

「う、そ、それは……」

「こんなのぱぱっとクックパッドとかで作り方を調べてフィーリングでやればいっぱつなんだよー。はい、できたー」

「うわ、すごい、おいしそ～……」

「コツとか教えてあげるからさー。いっしょに作ろうぜー！」

「う、うんっ」

いっしょに料理を作ったり、その後にご飯を食べながら談笑したり。

「ふう、やっと風呂《ふろ》の時間か……って、あ、明日夏《あすか》、ふ、冬姫《ふゆき》⁉　な、何で……⁉」

「ちょ、せ、せんせー！　な、なんで……⁉」

「え、や、だ、だって『水芭蕉《みずばしょう》』は今日は男湯じゃなかったっけ……？」

「ち、違うよ～、こ、こっちのお風呂《ふろ》は、今日は女湯だよ～」

「え、え……？」

「あははー、男湯と女湯を間違えるって、やっぱりこういうところも善人《よしと》はラノベの主人公っぽいよねー」

「あ、朝倉《あさくら》さん、ちょっと、隠した方がいいって……！」

「え、なんでー？　善人《よしと》とは子どもの頃から何回もいっしょにお風呂《ふろ》に入ってるし、今さらっていうかー」

「い、いいから～！」

お約束のごとく風呂場《ふろば》で鉢合わせをしたり。

「んん……朝か。ん……なんかいい匂いがする……って⁉」

「すー……すー……せんせ……あったくてすき……ごろごろ……」

「ううん……むにゃむにゃ……善人《よしと》……そこはダメだって……入れるところを間違ってるってばー……」

「あ、明日夏《あすか》、冬姫《ふゆき》!! な、何で……？　って、あ、そうか、昨日の夜に明日夏《あすか》の部屋で枕投げをやっててそのまま……」

「……えへへ……せんせー……せんせーのにおいすき……ていうかぜんぶだいすき……たべちゃいたいくらい……」

「……だから善人《よしと》……メイド服には牡蠣《かき》醤油《じょうゆ》はかけちゃだめだってー……そこはクレイジーソルトでしょー……」

「……い、いったいどんな夢を見て……というか二人が抱っこちゃんみたいになってて動けない……」

　枕投げをやっていたらそのまま寝てしまい、朝起きた時に両腕に明日夏《あすか》と冬姫《ふゆき》がしがみついているという状況が発生したりもした。

　これまでありそうでなかった、三人で過ごす賑《にぎ》やかな時間。

「へ～、それじゃあ冬姫《ふゆき》ちゃんとおに～さんは幼なじみなんだ～」

「うん、そうなんですー。家が近所でちっちゃい頃からよく行き来してましたねー」

「なんか信長《のぶなが》くんとおに～さん——あ、お姉ちゃんの旦那さんの方ね——みたいだな～」

「お顔も信長《のぶなが》様の面影がありますしね～」

「えー、そうかなー？　うー、それはちょっと複雑かもー」

「ですが～、とってもきれいなお顔をされていると思いますよ～」

「えー、そ、そんなことないってー。も、もー、美人メイドさんはかわいいだけじゃなくてお世辞もうまいから困るぜー」

美夏《みか》さんや那波《ななみ》さん、静琉《しずる》さんたちも、冬姫《ふゆき》とだいぶ親しくなったみたいだった。

そしてあっという間に合宿最終日の日曜日の夜になった。


辺りがシンと水を打ったように静まり返った午後十一時。

俺は眠れずに、乃木坂《のぎざか》邸の中庭を徘徊《はいかい》していた。

「『全裸ムーブ分析合宿』も今日でおしまいか……」

何だかあっという間だったような気がする。

中身はカルピスの原液並に濃かったものの、二日間がほとんど一瞬のように感じられたというか……

ともあれいよいよ明日は、中の人を決定するXデーである。

明日夏《あすか》と冬姫《ふゆき》、どちらが選ばれるのか……

正直俺には、何とも言えなかった。

二人が考えた中の人としての方向性。

それぞれにはそれぞれの良さがあった。

参考のためにたくさん見たVTuberも本当に多種多様で枠に囚《とら》われないものだったけれど、明日夏《あすか》も冬姫《ふゆき》も確かに自分たちだけのキャラ性を見付けていた。

俺にはどっちも選べない。

二人のやる中の人を、どちらも見てみたいと思う。

だとしたら……あとは神楽坂《かぐらざか》先輩たちのジャッジに任せるしかないのかもしれない。

だけどそれは二人の内のどちらかは中の人の役目から外されることを意味していて……

「……」

そんなことを考えながらブラブラと歩いていると、ふと強い風が吹いた。

十二月の風は思っていたよりもずっと冷たく、背筋にゾクリと冷えるものを感じる。同時に辺りの植木がガサガサと音を立てて鳴るのが耳に入った。

「………」

なかなかに……不気味な雰囲気です。

何だかさっきまでよりも辺りの暗闇が深くなったように感じられるというか、視界の向こうにある薄暗い森がまるで手招きでもしているように見えるというか……

そこはかとなくエクソシスト的なものを感じて、ボチボチ部屋に戻ろうとして。

くいくいっ。

「……！」

ふいに後ろから何かに服の裾を引っ張られた。

これはまさか毛を全部刈られた情けない状態のまま無念の死を遂げたアルパカの亡霊……ではなくて。

「あ、やっぱせんせーだ。せんせー、こんなとこでなにしてるの？」

明日夏《あすか》でした。

もこもとした温かそうなかわいらしい部屋着姿で、こっちを見上げながらちょこんと首をかたむけている。

「ん、眠れなくてちょっと散歩を……」

「あ、せんせーもなんだ？　わたしもおんなじ。夜のお散歩仲間だね～」

ツインテールを揺らしながら嬉《うれ》しそうに笑う。

「でも明日夏《あすか》、冬姫《ふゆき》といっしょに寝てたんじゃなかったっけ？」

「あ、うん、さっきまでお喋《しゃべ》りしてたんだけど、朝倉《あさくら》さん、なんか急にすとんと寝ちゃったんだよね～」

「……あー……」

冬姫《ふゆき》は深夜アニメや深夜ラジオを習慣的に視聴していることもあって基本的には夜に強いのだけど、時々電池が切れたみたいに寝ることがあるんですよね……

「だからちょっとお話しよ？　まだ何だか目がさえちゃってさ〜」

「あ、うん。俺でよければ」

「せんせーで、じゃなくて、せんせーがいいんだよ」

「え……っ……」

「え、えへへ〜」

さりげなくハートストライクな台詞《せりふ》を言いながらちょっとだけ照れたような笑みを浮かべて、明日夏《あすか》が中庭にあった大きな石の上にちょこんと座り込む。

「ほら、せんせーも隣においでよ」

「あ、うん」

うなずき返して明日夏《あすか》の隣に腰を下ろす。

まだ風呂《ふろ》から上がって時間が経《た》っていないのか、ふんわりとシャンプーのようないい香りがした。

「あ〜、でも何だか不思議な感じだな〜」

と、明日夏《あすか》がぽつりとつぶやいた。

「朝倉《あさくら》さんに〝秘密〟がばれちゃって、だけどそれでもそれを受け入れてもらえて、あんな風に〝アキバ系〟のお話をしてるなんて」

「それはそうかも……」

「ふふ……だけど嬉《うれ》しいんだ。朝倉《あさくら》さんとちゃんとお喋《しゃべ》りできるようになれて。できたらもっと朝倉《あさくら》さんと仲良くなりたいな～。仲良くなって、〝冬コミ〟とかにいっしょに行ったりして♪　絶対楽しいと思うんだよね」

ちょっとだけ目を細めながらそう言う。

そっか、明日夏《あすか》はこれまで〝アキバ系〟についてあまり詳しくないことや、人懐《ひとなつ》こいモードでの一面は周りには〝秘密〟にしてきていたから、心から打ち解けて付き合える同性の友だちもいなかったわけで……

「うん、きっともっと仲良くなれると思う」

冬姫《ふゆき》はいいやつだ。

今の明日夏《あすか》だったら、〝秘密〟のない気の置けない友だちどころか、親友にだってなれるだろう。

「──うんっ！」

その言葉に明日夏《あすか》が大きくうなずく。

その笑顔はまるで辺りの薄暗い雰囲気すらもどこかに吹き飛ばす明るい向日葵《ひまわり》みたいで……

そんな明日夏《あすか》の姿が見られただけでもこの『全裸ムーブ分析合宿』の成果はあったんじゃない

かと思う。

「……でもこれも全部……せんせーがいてくれたからなんだよ。何があってもどんな時でもわたしのことを全部受け入れてくれる相手がいるって分かってるから、きっと思い切って朝倉《あさくら》さんにも心を開けたんだと思う……」

「？　何か言った？」

「……ううん、なんでもなーい」

そう言うと明日夏《あすか》はぴょこんと立ち上がった。

「それじゃそろそろ寝よっか？　あんまり遅くまで出歩いてると静琉《しずる》さんの見回りに見つかっちゃうし、明日はいよいよ本番だし」

「うん、それがいいかも」

「じゃあ途中までいっしょにいこ～♪」

そう言って明日夏《あすか》が手を引いて歩き出す。

と、屋敷《やしき》の中に入って廊下まで行ったところでぴたりと立ち止まった。

「――あ、そうだ」

「？」

どうしたんでしょうか？

何か忘れ物でもしたのかと首を傾《かし》げる俺に。

「今晩もいっしょに寝る、せんせー？」

にんまりと笑いながらそんなことを口にした。

「ね、寝ません！」

「え〜、そうなの？　ベッドのスペースはぜんぜん空いてるよ〜？」

「そ、そういう問題じゃなくて……」

「う〜ん、腕枕とか抱き枕とかピロートーク（？）とかやってもらいたかったのにな〜」

「ピ、ピロートーク……!?」

「そうそう、せんせーの腕枕とかで朝までお話とか？　――へへ、なーんて、冗談だよ〜。じゃあね、せんせー、おやすみ♪」

「え、あ、お、おやすみ」

そう言いながら手を振って、明日夏《あすか》は曲がり角の向こうへと消えていった。

ま、まったく、突然こんなハートブレイクショット的なことを言われると心臓に悪いといいますか……

バクバクとどこぞの夢の妖怪のように動き回る胸を押さえながら、寝室として使わせてもらっている客間へと足を向けたのだった。

だから。

実はその曲がり角を曲がった先で明日夏《あすか》がこんなことを言っていたことに、俺はトリケラトプスのごとくまったくもって気付いていなかったのでした。

「……ちぇっ、せんせーだったら、ほんとにいっしょに寝てもぜんぜんよかったんだけどな……」

そしていよいよ、中の人を決める日がやってくる——

・乃木坂明日夏《のぎざかあすか》の秘密⑭⓪（秘密レベルA）
冬姫《ふゆき》ともっと仲良くなりたいらしい。

・乃木坂明日夏《のぎざかあすか》の秘密⑭①（秘密レベルA）
いっしょに寝てピロートークをしてもいいらしい（？）

7

「それじゃあ、中の人を決める審査を始めようか。二人とも、いいかな？」

「は――はいっ」

「準備はばっちりだぜー！」

明日夏《あすか》と冬姫《ふゆき》がうなずいて。

審査員である神楽坂《かぐらざか》先輩と三Kたちの前で、それぞれの中の人を披露していく。

ちなみに俺は明日夏《あすか》と冬姫《ふゆき》の双方に協力していたことが知られているため、審査員からは除外されているのだった。

「――そ、それでは、私から発表させてもらいますね」

おずおずと明日夏《あすか》が前に出る。

明日夏《あすか》が中の人の魂として選んだのは、〝アキバ系〟初心者というキャラだった。

ひょんなことから〝アキバ系〟に足を踏み入れた初心者が、様々なジャンルやイベントなどに触れつつ、視聴者といっしょに学んでいくという姿勢。おしとやかでがんばりやで、基本的には〝アキバ系〟についてほとんど知識はないけれど、『ドジっ娘マホちゃん』についてのみは昔から知っていてそれなりに詳しいという設定だった。

「――い、以上になります。ありがとうございました……」

ぺこりと頭を下げて、明日夏《あすか》のターンが終了した。

「乃木坂《のぎざか》さんありがとう。では続いて朝倉《あさくら》さんに発表してもらおう。用意はいいかな？」

「はーい！　じゃあ始めるよー！」

ぴょんと飛び跳ねるように冬姫《ふゆき》が前に出る。

続いて冬姫《ふゆき》が提唱したのは、〝アキバ系〟全般のエキスパートというキャラだった。

元気でそこはかとなくツンデレという特性を活《い》かしつつ、基本となるアニメやマンガ、ゲームやラノベから、おねショタやＢＬまでの幅広いジャンルに触れながら、視聴者にディープな豆知識や知っていると少しお得な裏技などを教えていくというスタンス。〝アキバ系マスター〟としての元々の素養を十二分に活《い》かしたスタイルだった。

というか……二人ともある意味それぞれのキャラそのままといえばそうだった。

〝アキバ系初心者〟と〝アキバ系マスター〟。

二泊三日の合宿でおよそ百ほどのたくさんのVTuber動画を見た結果、結局のところ二人が行き着いたのは、共にムリをしてがんばることのない素の自分の姿だったというのは何だか面白いですよね。

「――こんな感じかなー？　どうだったどうだったー？」

冬姫《ふゆき》がそう締めくくって。

「うん、二人ともありがとう。どちらもそれぞれの特色が出た、いいプレゼンだったと思うよ」

神楽坂《かぐらざか》先輩のそんな声とともに、発表は終わった。

後はどちらが選ばれるかということだけなのだけれど……

「ううむ、どちらもお見事でしたな。二人とも中の人として遜色のない仕上がりで……」

「そうですね。ですが僕としては乃木坂《のぎざか》さんの方が僅かに勝っていたと思います。あの初々《ういうい》しさは何ものにも代え難《がた》い……」

「いやそこは違うだろ！　乃木坂《のぎざか》さんには悪いが、俺は冬姫《ふゆき》さんを推すぜ！　やっぱり俺たちには教え導いてくれる〝アキバ系マスター〟が必要だ！」

「それはどうだろう？　〝アキバ系〟の初心者が一から色々と学んでいくというコンセプトはなかなかよかったと私は思うんだがね」

「部長の言うことも分かりますがな……うぅむ、どちらかと問われればここは自分もやはり冬《ふゆ》姫《き》さんを――」

「いいえ、ここは乃木坂《のぎざか》さん一択です。これは譲れません！」

そんなことを話し合う神楽坂《かぐらざか》先輩と三Kたち。

審査は紛糾しているみたいだった。

それはそうだと思う。

明日夏《あすか》も冬姫《ふゆき》もどちらも魅力的だし、違った売りがあった。それぞれにそれぞれのよさがあって、優劣を決めるのは難しいと思う。

その予想の通り、審査は三十分近く続けられた。

だれもが意見を譲らない、喧々諤々《けんけんがくがく》な議論。

そして最終的な判断は——

「——それでは、これから乃木坂《のぎざか》さんと朝倉《あさくら》さんのどちらを中の人とするかの決を採りたいと思う」

神楽坂《かぐらざか》先輩がそう周囲を見渡して。

「まずは乃木坂《のぎざか》さんの方がよかったと思う者」

神楽坂《かぐらざか》先輩と河野《こうの》が手を上げる。

「それじゃあ朝倉《あさくら》さんの方がよかったと思う者」

木村《きむら》と古林《こばやし》が手を上げる。

結果は二対二。

見事に真っ二つに割れたかたちだった。

「……」

やっぱりそうなりますよね……

〝アキバ系〟初心者路線の明日夏《あすか》と、〝アキバ系マスター〟路線の冬姫《ふゆき》。

二人の方向性は対極と言っていいものだったけれど、強さ的に言ってしまえばゴ●ラとキ●グギドラの対決みたいなものだ。

決着がつかないのは必然といいますか……

「ううむ……反対意見も分かりますが、やはり自分としては冬姫《ふゆき》さんに一票投じる意思に変わりはありませんかな」

「いいえ、乃木坂《のぎざか》さんです。もう僕の目には乃木坂《のぎざか》さんが中の人をやっている未来《みらい》しか見えません！」

「そうだね、私もそちらを推そうかな。部長がどうとかではなく、私個人の意見だ」

「ダメだダメだ！　乃木坂《のぎざか》さんには申し訳ないが、冬姫《ふゆき》さん以外の中の人は断固として受け入れられん！」

なおも白熱した議論を続ける神楽坂《かぐらざか》先輩と三K。

まったくもって決着する糸口が見えない。

とはいえ薄々こうなるんじゃないかと思っていたことから、実はこうなった時のためにある解決案（？）を考えていたりもするんですよね。

なので、

「あの……俺に提案があるんですが」

「ん、何だ、澤村《さわむら》？」

神楽坂《かぐらざか》先輩が首をひねりながら振り返る。

「はい、実は――」


「は～、無事に中の人が決まってよかったね～」

「そうだねー。票が真っ二つになった時はどうなることかと思ったけどー」

下校時の少し暗くなり始めた通学路。

そこを並んで歩きながら、明日夏《あすか》と冬姫《ふゆき》が安心したようにそう口にした。

「でもびっくりしたよ～。まさかせんせーがあんなこと言い出すなんて」

「うんうんー、普段は普通のカブトムシくらい気が利《き》かない善人《よしと》とは思えないほどのナイスアイデアだってていうかー」

「カブトムシって……」

そこはせめてヘラクレスオオカブトくらいにしてほしいといいますか……

「えー、そこはいいじゃんー。とにかく善人《よしと》のアイデアが珍しくすっごい役に立ったことには変わりないんだからー」

「そうだよ～。おかげで朝倉《あさくら》さんもわたしもどっちも中の人をやれることになったんだから」

冬姫《ふゆき》と明日夏《あすか》が口を揃《そろ》えてそう言う。

そう、俺がした提案。

それは明日夏も冬姫も、二人とも中の人として採用してはどうかというものだった。

「ほんとびっくりだよね。二重人格のキャラなんて思いも寄らなかったっていうか〜」

「うんうんー、アハ体験的なナイス解決策だよねー」

うなずき合う明日夏《あすか》と冬姫《ふゆき》。

二人の内どちらかを選べないのならいっそのこと二人とも採用できる方法を考えてみてはどうかという、この上なくシンプルな思考回路だったんですよね。

とはいえ最近そういう二重人格のキャラがヒロインの人気ラノベを読んだりもしていたし、マンガやアニメなどでも鉄板の設定だし、そこまであり得ない話じゃなかったと思う。

実際、神楽坂《かぐらざか》先輩や三Kたちも諸手《もろて》を挙げて賛成してくれた。

「うーん、でもこれだとどうなるんだろー？　ま、パパは善人《よしと》でいいとしてー、ママが二人ってことになるのかなー？　むむー、それって重婚じゃないー？」

「でも実質は一人だからいいんじゃないかな？　心は二つ身体《からだ》は一つ、みたいな？　ていうかそのへんはまたおいおい考えていけばいいと思うよ。それよりも……」

「？」

「まずはばばーんとお祝いしようよ。だってこれって……わたしたち三人の、初めての子どもだよ♪」

「へへっ、そうだねー。乃木坂《のぎざか》さんと、私と、善人《よしと》の三人の〝娘〟だー♪」

「そうそう、せんせーと、朝倉《あさくら》さんと、わたしの〝娘〟～♪」

ぎゅっ……

そう笑いながら、両サイドから腕に抱きついてくる。

「え、ちょ……」

「わたしたちの大事な〝娘〟のこと、ちゃんとかわいがってあげてね、パパ♪」

「たっくさん愛情を注いであげないとダメなんだからねー、パパー♪」

これ以上ないってくらいに楽しそうな笑顔でそんなことを言ってくる。

その表情は本当に三人の娘ができたことを喜んでいるものだったし、さらには同時に両サイドからぎゅっと腕に抱きついてきてまたいい匂いが漂ってくるとかで……それはよかったんだけれども。

「……おい、パパってどういうことだ？　娘って……？」

「……乃木坂《のぎざか》さんと冬姫《ふゆき》ちゃん二人相手に、だと……？　ま、まさか、さ、３Ｐ……」

「……つーか何でリアル両手に花みたいな状態になってんだよ？　あんな街を歩いたら五人くらいすれ違いそうな量産型みたいな顔をしてるくせに……」

「……またあいつか。こうなったら俺たち〝白銀の白百合《しらゆり》親衛隊〟が本気で粛正するしかないな」

「…………」

周りから聞こえてくるそんな声。

それは以前に聞いたものの十倍くらい怨嗟《えんさ》と呪詛《じゅそ》とに満ち満ちたものであって……

「……あの量産型野郎の机の上に鳥のエサをばらまいてスズメまみれにしてやる……！」

「……あいつのカバンの中に牛乳を拭いた後に一週間放置した雑巾をまとめて放り込んでやる……」

「……この先、一生、使い捨てコンタクトレンズが裏表逆に梱包《こんぽう》され続ける呪いをかけてやる……！」

「…………」

はたして俺は無事に来年を迎えることができるんでしょうか……？

この上なく不安なのだった。

・乃木坂明日夏《のぎざかあすか》の秘密⑭②（秘密レベルB）
冬姫《ふゆき》と二人で中の人をやることになった。
・乃木坂明日夏《のぎざかあすか》の秘密⑭③（秘密レベルA）

三人の〝娘〟がすごく大事らしい。

Nogizaka Asuka no Himitsu 137 Secret Level B

乃木坂明日夏の秘密 ⑬⑦ 秘密レベルB

川の字になってみんなで
ごろごろするのが好き。

乃木坂明日夏の秘密⑥

Nogizaka Asuka no Himitsu

0

あれよあれよという間に、十二月も半ばになった。

明日夏《あすか》と冬姫《ふゆき》と三人で『全裸ムーブ分析合宿』をしたり、その過程で明日夏《あすか》と冬姫《ふゆき》が仲良くなったり、さらには二人でオリジナルVTuberの中の人をやることになったりと、俺たちの周りを取り巻く環境や人間関係も少しずつ変わってきたりもしていた。

そんな大なり小なりの変化が生じる中。

その変化の中でも一際《ひときわ》大きいというか……よく原因が分からないおかしな（？）ことが一つあったりするんですよね。

それは何かというと……

「よ、よう、おはよ、澤村《さわむら》っち」

「あ、おはよう、小鳥遊《たかなし》さん」

行きの通学路で明日夏《あすか》を待っていると、ふと声をかけられた。

かけてきたのは花鳥風月の一人——小鳥遊《たかなし》さん。

「あ、あー、きょ、今日もいい天気じゃね？　日差しがさわやかで、さ、澤村《さわむら》っちの雰囲気みたいっていうかさ……」

「え？　曇ってて今にも降り出しそうだけど……」

「！　あ、ま、まあそうだけど、な、何ていうか、そこは見解のソーイってやつ？」

「は、はあ……」

「ほ、ほら、このどんよりしててシンキくさいとことかも澤村《さわむら》っちぽい感じかもしれないじゃん？　う、うち、そういうのも嫌いじゃないし」

「……どんよりしてて辛気くさい……」

「‼　と、とにかくそれだけだし！　じゃ、じゃあ！」

「…………」

そう言って小鳥遊《たかなし》さんは逃げるようにして行ってしまった。

……俺、小鳥遊《たかなし》さんに嫌われてるんですかね……？

まあそこは深く考えるとさらにどんよりとしてしまいそうなのでそれとして。

そう、おかしなことというのはこれ。

今見たのでも分かると思うけれど、小鳥遊《たかなし》さんの様子が何だか最近どこかおかしいんですよね。

と、そこで明日夏《あすか》がやって来た。

「──おはようございます、澤村《さわむら》さん。あれ、今、小鳥遊《たかなし》さんとお話をしていませんでしたか？」

「あ、うん」

「何かあったんですか？　小鳥遊《たかなし》さん、何だか走っていってしまわれましたけど……」

「うーん、何かあったっていうか……」

「？」

あれをどう説明すればよいのやら。

おかしいというかもはや挙動不審の域。

ほとんどビフォーアフターみたいな変化というか……

小鳥遊《たかなし》さんとはこれまでも何かの機会で話したりすることはあったけれど、別に普通というか（ギャルだったけど）、ここまでリアクションがよく分からないものじゃなかった気がする。

しかもこの現象（？）が始まったのは昨日今日のことじゃなかったりするんですよね。

例えば……


「あ、おはよう、小鳥遊《たかなし》さん」

「……っ……」

「え、あ……」

（ひ、光の速さのごとく顔を逸《そ》らされた……）

目が合った瞬間にメデューサと対面したペルセウスのごとき速さで視線を逸《そ》らされたり。

「えっと、今日は小鳥遊《たかなし》さんと日直か、よろしくね」

「え、あ、う、うん」

「黒板消しはこっちでやっておくから、日誌は小鳥遊《たかなし》さんに頼んでいいかな？」

「い、いいんじゃやね？」

「ん、じゃあこれ……あっ」

「！　っつつ……！」

「ご、ごめん、手が触れちゃって……」

「べ、別に、いいし……」

「う、うん……」

（そんな、ヒョウモンダコ型クリムゾン（毒針で刺す）に触れたみたいな反応をしなくても……）

たまたま日直でいっしょになり日誌を渡そうとして手が少し触れた際に即座に振り払われたり。

「みんな、見てみてっ！　修学旅行の写真がたっくさんあるよっ。ほしい人には送るから言ってねっ」

「ん、見てみたいし。どんなのがあるん？」

「これとか鳥っちが真ん中に写ってるよっ？　ほらほら、隣に澤村《さわむら》っちもいるし、いいんじゃない？」

「え？　や、そ、それはちょっと……」

「んー？　じゃあこっちは？　ほら、旭川《あさひかわ》の動物園で撮ったやつ」

「あー……う、うん、そっちも遠慮しとくし……」

「えー、澤村《さわむら》っちが馬にエサをあげてるところも写ってるのになっ」

「……」

(なんか俺がいる写真だけ避けられてませんかね……？　え、心霊写真か何かなの……？)

画面内に入っているだけで、写っていると呪われる怨念の写真のように回避されたりもした。


とまあ全体的に……こんな感じ。

ううん、まったく身に覚えはないんだけれど、もしかして気付かない内に何かやらかしたりしてしまったんですかね……？

心の中で九十度くらいの角度で首を捻《ひね》るもぜんぜん思い当たる節がない。

うう、これだから冬姫《ふゆき》にウスバカゲロウとか言われるのかもしれない……

「――澤村《さわむら》さん？」

「え？　あ、ああ、うん、よく分からないけどたぶん大丈夫。行こう」

「あ、はいです」

いくら考えても分からなかったので、ひとまず小鳥遊《たかなし》さんの件は置いておいて明日夏《あすか》とともに歩き出す。

そんな俺たちから少し離れた場所で。

「おおお、これは鳥っち、もしかして……！　うんうんっ、こうなったらあたしたちが一肌脱ぐしかないよねっ！」

そう大きくうなずきながら楽しげな笑みを浮かべる影があったことに、まったくもって気付いていなかった。

1

「――ねえねえ澤村《さわむら》っち、今度の日曜日ってヒマ？」

「日曜日？」

その日の放課後。

机でモソモソと帰り支度をしていると、花村《はなむら》さんがいつも通りのハイテンションでそう話しかけてきた。

「うんっ。ヒマかな？　ヒマだよね？　ヒマに間違いないよね？」

謎のヒマ確定三段活用で迫ってくる。

まあ日曜日は明日夏《あすか》は冬姫《ふゆき》といっしょに『〝秘密〟のVTuber中の人会議』を開くとか言っていたから明日夏《あすか》関連の用事が入ることはないし、他にはハエトリソウのザンギエフくんにエサをやる以外には特にやることもないわけで、ヒマなことには間違いないんですが……

「まあ、ヒマだけど……」

「だよねっ？　だったらさ、いっしょに『脱出するゲーム』に行かないっ？」

「『脱出するゲーム』？」

「そうそうっ。最近流行《はや》ってるナウでヤングなイベントで、やばいくらいすっごく楽しいんだってさ。後楽園に会場があるらしいから、みんなでぱーっと盛り上がっちゃおうよっ！」

それって確かあれですよね、様々な場所を舞台に謎を解いてそこから脱出するというシチュエーションを楽しむ体験型のイベントで……

話には聞いたことがあったし、面白そうだとは思うけど……

「でも俺が行っても邪魔にならない？」

たぶん他のメンバーは花鳥風月の残りの三人だろう。そこに一人だけ俺が入って大丈夫なんですかね……？

「あ、それは大丈夫大丈夫っ。澤村《さわむら》っちはもううちらの一員みたいなもんだし、それにねっ」

「？」

「鳥っちが絶対澤村《さわむら》っちを誘おうっていうからさっ。ね、鳥っち？」

「え？」

突然話を振られて、少し離れた机の上で足を組みながら紙パックのジュースを飲んでいた小鳥遊《たかなし》さんが、頭のすぐ横を空気銃の弾が飛んでいったヒヨドリ（狩猟鳥獣）みたいな顔になった。

「!!　きゅ、急に何言ってんだし、花っち！」

「え、でもでもっ、鳥っちは澤村《さわむら》っちが来た方がいいって思ってるよねっ？　違う？」

「う、そ、それは……」

一瞬言葉に詰まりかけるも、

「ま、まあ……澤村《さわむら》っちもいてもいいっていうか、いないよりはいた方が楽しくなくもないっていうか、枯れ木は山火事の原因っていうか……」

「……」

……やっぱり小鳥遊《たかなし》さんに嫌われてます、俺……？

何だかリアクションがカマドウマ型クリムゾンに対するカヤちゃん（ツンデレ）の反応みたいでつらい……

「じゃあ鳥っちもこう言ってることだし決まりだねっ。もちろん風っちと月っちも問題ないよね？」

その花村《はなむら》さんの呼びかけに、

「うん、もちろん。澤村《さわむら》っちなら大歓迎だよ」

「澤村《さわむら》っちがいてくれた方が楽しいです」

風祭《かざまつり》さんと美月《みづき》さんも同意する。

「てわけだから、問題ナッシング。てことで澤村《さわむら》っちも来ること。おっけー？」

「え？　あ、うん……」

何だかよく分からないけど参加が決定されたみたいです。

いまいち話の流れが不明なまま曖昧にうなずき返すと、花村《はなむら》さんがにっこりと笑ってこう言った。

「ふっふっふっ、約束だからね、澤村《さわむら》っち」

＊

「ちょ、ちょっと花っち、あれどういうこと？」

「あれって？」

「さ、さっきの言い方、あれじゃまるでうちが澤村《さわむら》っちに来てほしくてたまらないみたいだし！」

「え、そうじゃないのっ？」

「そ、それは……」

「うんうん、分かってる分かってる。最近は……っていうか修学旅行で動物園に行ってホッキョクグマのコーナーで助けてもらって以来、鳥っち、ずっと澤村《さわむら》っちのこと気にかけてたもんねっ」

「え！　何でバレたし⁉　って、あ、そ、そうじゃないっていうか……っ！」

「それはもうバレバレだよっ。ね、風っち、月っち？」

「ああ、うん、分かりやすすぎるくらいに分かりやすかったね」

「鳥っち、すぐ顔と態度と行動に出ますから」

「マ、マジで？　うぁあああ……」

「あのねっ、鳥っちが一人でがんばってるのは知ってたよ？　でもさ、見てられないっていうか、日直とか写真選びの時とかもそうだし、前も澤村《さわむら》っちがずっと購買のパンを食べてるのを見てお弁当を作ってあげようとか考えてたよねっ？　でも言ってたことは、

『さ、澤村《さわむら》っち、べ、べべべべべ……』

『?』

『べべべ……ベンチプレスって何キロまで持ち上げられるし？』

『え、さ、さあ、やったことないから分からないかも……』

『そ、そうなん？　じゃあ別にいいけど』

だったじゃん？」

「う、そ、それは……」

「だからさっ、うちらで鳥っちを応援しようってわけ！　ライバルは明日夏《あすか》っちと冬姫《ふゆき》っちで正直かなり手強《てごわ》いと思うけど、でもやっぱ鳥っちは友だちだし、それにここらへんで第三勢力が出てくるのもありだと思うんだよねっ！」

「そうだね、私たちにできることなら全力で協力しよう」

「他ならぬ鳥っちのためですもの」

「花っち、風っち、月っち……」

「そうと決まったらまずは服だねっ！　鳥っちにとっては初めてのデートなんだから、ばっちりコーディネートしてどこに出しても百点満点の出来にしないとっ」

「え、ちょ……」

「せっかくだし、今から買い物に行かないかい？　そのまま美容室に行ってもいい」

「あ、いいですね。鳥っちをかわいく仕上げちゃいましょう」

「え、いや、うちの都合は……」

「いいからいいからっ。デート前に最高の準備をする以上に大事なことなんて乙女にはないよっ。じゃあレッツゴー！」

2

日曜日になった。

俺は待ち合わせ場所であるＪＲ後楽園駅前で、スマホをいじりながら一人置物のように立ち尽くしていた。

待ち合わせ時間は午後一時。

スマホで確認すると十二時五十五分を少し過ぎたところ。そろそろだれかやって来ていい時間だった。

と、

「よ、よう、澤村《さわむら》っち」

「あ、小鳥遊《たかなし》さん」

小鳥遊《たかなし》さんがやって来た。

もこもことした手触りのよさそうなニットに短めのスカート（ヒョウ柄）とブーツ。ファーの付いたコートという服装（ギャルっぽい）だった。

俺の姿を目に留《と》めると辺りを見回して、

「ん、まだだれも来てない感じ？　うちらが最初？」

「うん、みたいだ」

「あー、花っちたち、ああ見えて割と時間とかテキトーだからなー。だいたい時間通りに全員集合したためしがないっていうか」

「そうなんだ……」

花村《はなむら》さんは何となくそんな感じはしていたけれど、風祭《かざまつり》さんと美月《みづき》さんはきっちりしてそうな印象だったので少し意外といいますか……

そのまま小鳥遊《たかなし》さんと二人でしばし花村《はなむら》さんたちの到着を待つ。

だけど待ち合わせ時間である一時を十分ほど過ぎても一向にだれも現れる様子がなかった。

一瞬時間か場所を間違えたのかとも不安になるけれど、小鳥遊《たかなし》さんが来ているってことはそれもあり得ない。

だとするとこれはまさか沖縄時間的な一時間単位での大遅刻なのか……などと考えていると、

「ん、花っちからＲＩＮＥがきてる。ちょい待って。ええと……はあっ⁉」

スマホを覗《のぞ》き込《こ》んだ小鳥遊《たかなし》さんが、辺りを歩いていた人たちが振り返るくらいの大きな声を上げた。

「？　どうしたの？」

「え？　あ、う、ううん、なんでもない！　いや、なんでもあるっていうか……」

「⁇」

どっちなんでしょう？

思わず怪訝《けげん》な表情になる俺に、小鳥遊《たかなし》さんが困ったようにこう口にした。

「え、ええと……花っちたち、来れなくなったって……」

「え？」

「その、うちら以外全員、ドタキャンっぽいっていうか……」

全員って、花村《はなむら》さんと風祭《かざまつり》さんと美月《みづき》さんが？

「う、うん、たぶん……」

「……」

それは、何というか……

突然のドタキャン×三に地蔵のごとく言葉を失っていると、小鳥遊《たかなし》さんがその場でばたばたと足踏みをしていた。

「も、もう、花っちめ……何が『あたしたちは今日は遠慮しとくねっ。ふっふっふっ、これで舞台のお膳立てはばっちりだぜー！　初デートがんばれ、鳥っち！』だよ。あり得ないってのっ……」

「？　どうしたの？」

「あ、や、こ、こっちのこと！　ちょ、ちょっとシコ踏んでただけだし！」

「そ、そう……」

あいかわらず小鳥遊《たかなし》さんの行動原理がよく分かりません……

まあそれはともかくとして。

「ええと、それでどうしようか……？」

さすがに五人で行く予定が二人になったのなら、計画を変更せざるを得ないような気もする。

ここはいったんリスケかとも思ったんだけれど……

「い、行くし！」

「え？」

「ふ、二人でも行くし！　『脱出するゲーム』自体は少人数でもやれるって花っちが言ってたから問題ないっしょ。……さ、澤村《さわむら》っちは、うちと二人だと、イヤ……？」

「あ、いや……」

イヤというか、二人だけでは参加できないのではないかということを危惧していただけで
……。

そこが大丈夫ならいい……の、かな……？

「……（じー）」

ちらりと横を見ると、小鳥遊《たかなし》さんが訴えかけるような目で見上げてきていた。

『脱出するゲーム』、よっぽど楽しみにしてたんですかね……？　だとしたらここで断るのも
悪い気がする。

なので。

「――ん、分かった。じゃあ二人で行こうか？」

「お、おけまる水産！」

小鳥遊《たかなし》さんがそう気合いの声（？）を上げて。

なぜか小鳥遊《たかなし》さんと二人で『脱出するゲーム』に向かうことになったのでした。

向かった先は、駅から目と鼻の先にある遊園地だった。

何でも今回俺たちが参加しようとしている『脱出するゲーム』は、この遊園地内を舞台にして行われるものらしい。

「えっと、つまり遊園地の中のアトラクションとかに謎が隠されていて、それを解きながら最終的に遊園地からの脱出を目指す体ってこと？」

「たぶんそうじゃね？　花っち、そんな感じに言ってたし。あと一人でやってもいいし、特に時間制限とかもないって言ってた」

「なるほど……」

それなら確かに二人でも何も問題はなさそうだ。

ちなみに遊園地自体は通常営業であるため、辺りには他のお客さんたちも普通にアトラクションを楽しんだり園内を周遊したりしていた。

「ええと、そこのチケット売り場でチケット付きスターターキットを買って、と」

あとはそこに書いてある指示を見ながら、遊園地内を回っていくことになるらしい。

「へー、なるほどなるほど、ここにある順番でこの中を回りながらヒントを探して謎を解いていけばいいんだ。んーと、これによると最初はまずこの海賊船に行く系？」

「うん、そうっぽい」

「地図だとすぐそこだよね？　んじゃいこうぜー！　やばいくらいの海賊王にうちはなる……！」

小鳥遊《たかなし》さんがそう力強く宣言をして、歩き出す。

その言葉の通り、向かったのはバイキング船だった。

見上げるほどの高さの鉄塔に船が吊《つ》り下《さ》げられて、振り子のごとく揺られるあれ。

絶叫系とまではいかないけれど、準絶叫系くらいには分類されるそこそこハードな乗り物である。

何でもこのアトラクションのどこかに、脱出のためのヒントが隠されているとのことらしい。

係員にチケットを見せて、船の真ん中辺りに小鳥遊《たかなし》さんと並んで座る。

「バイキング船とか小学生以来かも……ヒントってどういう感じで出てくるんだろうね？」

「……」

「小鳥遊《たかなし》さん？」

「…………」

返事がない。

肩に降りた安全バーをがっちりと握ったまま、どこかハイライトが消えた目で固まったように前方を見つめている。

「ええと、小鳥遊《たかなし》さん……？」

怪訝《けげん》に思って肩を軽く揺すると、ようやくこっちを向いてくれた。

「……え？　あ、な、なに？」

「もしかして小鳥遊《たかなし》さん、こういうの苦手……？」

「え、な、なんで？」

「何でって、見るからに……」

「……ぜ、ぜんぜん苦手じゃないし！　む、むしろ毎日乗りたいくらいだし！」

「……」

……苦手なんですね……

そんな小鳥遊《たかなし》さんをよそに、やがてバイキング船はゆっくりと動き出した。

小鳥遊《たかなし》さんが小鳥みたいに小さく声を上げる。

「ぴっ……」

「ぴっ、ぴぴぴぴぴ……」

グワングワン……

小鳥遊《たかなし》さんが生まれたてのウズラのようなか細い悲鳴を上げている内に、バイキング船はドンドンとその角度を際《きわ》どいものにしていく。

グワングワングワングワン……！

最初はほぼ地面と水平だったのが安全バーを握らないと前のめりになるくらいになり、最終的にはほとんど地面から九十度になっているんじゃないかというまで上がっていき、落ちていく時にはお腹《なか》がヒュッとするような独特の感覚が抜けていく。

「ぴっ、ぴぴぴっつつつつつっっっ……っっっ……」

それに比例するかのように隣から聞こえる小鳥遊《たかなし》さんの悲鳴がだんだんと消え入るようなものになっていき……

そして。

ぎゅっ……！

「？」

と、そこで左手に何かが触れた。

これは空中を高速で移動するＵＭＡだというスカイフィッシュ……ではなく。

見ると小鳥遊《たかなし》さんの右手が、溺れた人がワラを摑《つか》むかのごとき強い勢いで俺の左手を握っていた。

「た、小鳥遊《たかなし》さん……？」

「……っつつつつつ……!?」

目をぎゅっとつむりながらほとんど天に召されてしまいそうな表情で声にならない悲鳴を上げる小鳥遊《たかなし》さん。

その様子は注射を嫌がるセキセイインコみたいにあまりにも必死で……それを見ていたら何も言えないといいますか……

「……っつつつ……ぴっぴぴぴぴぴぴぴ……っ……!!」

結局バイキング船が完全に停止するまで、後楽園の空の下には小鳥遊《たかなし》さんの絶叫が響き渡っていたのだった。

3

「は、はー、やっと終わったし……」

バイキング船が終わって。

小鳥遊《たかなし》さんがこの上なく脱力したように大きく息を吐いた。

「あ、あんな強くて激しくて大きいのは反則だっての……てっきりデパートの屋上の乗り物に毛が生えたくらいかと思ってたのに」

「ええと……お疲れさま、大丈夫？」

「あ、あんまだいじょぶじゃないかも。も、もう心臓ばくばくだっての。ほら、すっごいどきどきしてるじゃん？」

「え……」

そう言うと小鳥遊《たかなし》さんは俺の手を取って、自分の左胸のところに当てた。

「やばいっしょ？　もうオールした後に全力でダンスした時みたいだって。あー、ほんっと昇天するかと思った……」

「……」

「ん？　どしたん澤村《さわむら》っち、ハトが鉄砲くらったみたいな顔して？」

「い、いや、その……」

「んんん？」

小鳥遊《たかなし》さんが怪訝《けげん》そうな顔で俺の視線の先を追う。

と、そこでようやく今の状況に気付いたみたいだった。

「!!　やっ、こ、これは違うし！」

慌てて俺の手を胸から離して声を上げる。

「こ、これはうちがどきどきしてたのを教えたかっただけっていうか！　澤村《さわむら》っちが信じてないみたいだったから分からせようとしただけで、ち、痴女とかじゃないんだからな……！」

「う、うん、分かってるから……！」

イルミネーションみたいに真っ赤になっている小鳥遊《たかなし》さんを見れば一目瞭然といいますか。

とはいえこんな風にストレートな反応をされてしまうとこっちとしてもどうしていいか分からないというか……

「……で、でも……澤村《さわむら》っちなら別にいいっていうか、アリよりのアリっていうか……」

「え？」

「な、なんでもないし！　ほ、ほら、それより早く次に行こ！　まだ脱出まで先は長いんだし！」

「あ、うん」

どこか焦《あせ》ったような小鳥遊《たかなし》さんに促されて、次のアトラクションへと足を向ける。

だけど次の向かう先として指示されていたのは――

「…………」

「えっと『超怨霊徘徊邸宅《ちょうおんりょうはいかいていたく》』か。お化け屋敷《やしき》みたいだね」

「…………」

「小鳥遊《たかなし》さん？」

「……え、な、なに……？」

「もしかして小鳥遊《たかなし》さん、お化け屋敷《やしき》も……」

「！　そ、そんなことないし！　その辺にいる悪そうな幽霊とかだいたい友だちだし！」

「……」

ああ、うん、やっぱり苦手なんですね……

キングコブラを前にしたアマガエルみたいな様子から明らかに丸分かりだったけれど、あまり触れてほしくなさそうだったのでそれ以上突っこむことはせずに、二人してアトラクション内へと足を踏み入れる。

中はお化け屋敷《やしき》だけあって、真っ暗だった。

さらにこの『超怨霊徘徊邸宅《ちょうおんりょうはいかいていたく》』は少しばかり特殊な趣向のお化け屋敷《やしき》であるらしく、靴を脱いで入るのだという。

ただ足元が少し心許《こころもと》なくなっただけなのに、それだけで何となく怖さが三倍増しになった気がするのはさすがによく考えられていると思った。

「く、暗くね……？　それになんか気味悪いし……」

「それは、お化け屋敷《やしき》だし……」

「そ、それに素足っていうのが地味にクるんだけど……うう、畳の感触がなんか生々しくてやだ……」

震える声でそんなことを口にしながら、ほとんど俺の腕にしがみつくようにして進んでいく。

どうやらこの和室のような造りになっている屋内の仏壇やら遺影やらのどこかに、ヒントとなるキーワードが隠されているとのことだった。

「ぴやっ……!?」

と、途中で小鳥遊《たかなし》さんが甲高い悲鳴を上げた。

「い、今なんか触った！　足にひやって、何かが！」

「そ、そうなの？」

「マ、マジだって！　澤村《さわむら》っちがこの暗闇に乗じていやらしい手つきで痴漢とかしたんじゃなかったら、なんかいたって！」

そんなドブネズミ型クリムゾンみたいなことはしてません。

というか考えてみれば靴を脱ぐというこのお化け屋敷《やしき》の仕様上、足を狙って何かが起こるのはある意味お約束ですよね。

「ひっ……！　こ、今度は首筋をなんかが触ってった……！」

「うわっ、ホントだ……！」

「ていうかまた足にもなんかきた！　ぬ、ぬめっとしてて、て、手つきが澤村《さわむら》っちみたいにやらしいんだっての！　ば、ばかー！」

「そ、それは風評被害です……！」

「そ、それくらい怖いってことだし！　て、ていうか、澤村《さわむら》っち、て、手を離したらやばいことになるかんね！　うちが！　あ、また太もものとこに生暖かい感触が！　ぴぃいいっ……！」

半ばパニック状態の小鳥遊《たかなし》さん。

全身を小刻みに震わせていて、暗がりでも分かるくらいに涙目である。

そんなやり取りを繰り返しながら、『超怨霊徘徊邸宅《ちょうおんりょうはいかいていたく》』の中を進んでいく。

小鳥遊《たかなし》さんの必死な悲鳴を聞くことおよそ二十回。

ようやく出口が近づいてきた。

「あれ、出口じゃない？」

「え？　ほ、ほんとじゃん！　明かりが見えるし……！」

小鳥遊《たかなし》さんが嬉《うれ》しそうに声を上げて早足になる。

だけどこの時、俺たちは忘れていた。

こういうお化け屋敷《やしき》では、大抵出口前のほっと一息吐《ひといきつ》くような場所に大きなトラップがあるということを。

それは外の光らしきものがほとんど眼前まで迫った時のことだった。

「はー、やっと出口かー。ありがとだし、澤村《さわむら》っち、ちゃんと手をつないでてくれて」

「え、今は俺、離してるけど……」

「え？」

小鳥遊《たかなし》さんもパニック状態から戻ったみたいだしもう大丈夫だと思ったらから、ちょっと前からハンズフリーにしてたんですが……

「ちょ、ちょっとストップ。じゃ、じゃあ、今、このうちの手を握ってるのって……？」

ふるふると声を震わせながら小鳥遊《たかなし》さんが自分の右手に視線をやる。

そこにあったのは……血まみれの女の幽霊が恨めしそうな顔で、小鳥遊《たかなし》さんの右手をしっかりと握っている光景だった。

「ぴぎゃあぁあああああああああああああああああああああ……‼」

今日一番の絶叫。

そのまま痴漢の手を振り払うがごとき勢いで幽霊の手を振り払って、コアラが木に飛びつくように両手両足を絡《から》めて俺に抱きついてきた。

「え、ちょ……！」

基本的には軽量級の小鳥遊《たかなし》さんのアタックとはいえ、不意なことだったので対応できない。

「お、おわっ……⁉」

ドタン、ガタガタ……！

暗闇の中に響き渡る音とともに、小鳥遊《たかなし》さんといっしょにもつれ合うようにして床に倒れ込んでしまった。

「う、ううん……」

床に手をつきながら目を開ける。

と、そこで気付いた。

「ん、んんん……なんか暗い……？」

さっきまでは目を凝らせば見えるくらいの暗さだったのに、今は正真正銘目の前に黒しかない。というか何かに顔が挟まれてる……？

「いやぁあああ……うち、ほんとは幽霊なんてきらいだし……っ……!!」

と、頭上から小鳥遊《たかなし》さんの悲鳴のような声が降ってきた。

そして半ば抱え込まれるようにして頭が押さえつけられる。

それらの位置関係を総合すると、いや、これってまさか……

再び顔を上げようとしたところ頭のところに布のようなものが引っかかって、その疑惑が間違いなかったことを確信した。

俺の頭が今入っている場所。

それはほぼ間違いなく……小鳥遊《たかなし》さんのスカート（ヒョウ柄）の中だった。

「ちょ、ちょっと小鳥遊《たかなし》さん、これはまずい――」

「ど、どこにいるし、澤村《さわむら》っち……！　み、見えないけど、は、離さないし……！」

何とかスカートの中から脱出しようとするも、悲鳴を上げる小鳥遊《たかなし》さんはすごい力で離してくれない。

それどころか顔を両側から挟んでいる太ももがさらに圧迫してきて、ますますリバース・エロ・首四の字固めポジション（？）は加速していくわけであって……

「むぐぐ……」

「も、もう幽霊はやだし……！　さ、澤村《さわむら》っち、どこ行ったんだよー……！」

「ぐぐぐ……（あなたのスカートの中です）」

そのままの状態で三分ほどジタバタと浜辺に打ち上げられた魚のようにもがいて。

小鳥遊《たかなし》さんのあまりのパニックっぷりにとうとう幽霊の中の人が心配して声をかけてくれるまで、俺の顔面は小鳥遊《たかなし》さんのスカートの中にインしていたのだった。

4

「…………」

「だ、大丈夫、小鳥遊《たかなし》さん……？」

「……ぜ、ぜんぜん……ぜんぜん平気だし……」

いやその口から今にも魂が出てきそうな様子からまったくもって平気に見えないんですが……

「ちょっとそこのベンチで待ってて。飲み物を買ってくるから」

「え、で、でも……」

「いいから、ここは任せて」

まだ少し青い顔をしている小鳥遊《たかなし》さんを近くのベンチに座らせて、飲み物を求めて歩き出す。

確かさっき通り過ぎたところに自動販売機があったはずだ。

それにしても……小鳥遊《たかなし》さんがあそこまでお化け屋敷《やしき》に弱いとは思わなかった。見た目は強めに見えるからそのギャップが意外すぎるというか、その前のバイキング船といい、普段のギャルなことこの上ない小鳥遊《たかなし》さんからはこれっぽっちも想像がつかない姿を見せられたといいますか……

そんなことを考えながら自動販売機でお茶を買って、小鳥遊《たかなし》さんのもとへと戻る。

「小鳥遊《たかなし》さん、お待たせ――あれ？」

と、ベンチに小鳥遊《たかなし》さんの姿がなかった。

どこに行ったんですかね？

辺りを見回してみると、少し離れた場所に遠くからでも目立つ小鳥遊《たかなし》さんの姿があった。どうも見知らぬおばあさんと話をしているようだった。

「小鳥遊《たかなし》さん、どうしたの？」

「あ、澤村《さわむら》っち」

近づいて声をかけると、小鳥遊《たかなし》さんはこっちを振り返った。

「あのさ、このおばあちゃんが家族とはぐれちゃったみたいなんだよ。だからいっしょに探してあげようと思って」

「え、そうなの？」

「そうだし。だからごめんだけど澤村《さわむら》っち、ちょっち待っててくんない？　すぐ戻ってくるから」

顔の前で両手を合わせながらそう言ってくる。

そういうことなら……

「ん、だったら俺もいっしょに行っていいかな?」

「え?」

「ほら、人数が多い方が早く見付かるかもしれないし」

その申し出に、小鳥遊《たかなし》さんが意外そうな顔をする。

「え、でも……」

「いいからいいから。あ、その荷物は任せて」

小鳥遊《たかなし》さんが手にしていたおそらくおばあさんの荷物だろう風呂敷《ふろしき》包みを手に取る。

「すみませんのう、お手間をおかけして……」

「いえ、大丈夫です」

「あっ……」

目をぱちぱちとさせる小鳥遊《たかなし》さんと、おばあさんと三人で、歩き出す。

幸いなことに、おばあさんの家族は程なく見付けることができた。

向こうもおばあさんのことを探していたらしく、少し園内を歩き回ったらすぐに鉢合わせたのだった。

深々と頭を下げてお礼を言ってくるおばあさんとその家族に挨拶を返しつつ、その場を離れる。

「おばあさん、無事に合流できてよかったね」

「うん。さんきゅな、澤村《さわむら》っち、手伝ってくれて。うち、困ってる人を見ると何だかほっとけなくて」

「そうなんだ？」

「なんだよねー、昔からのクセっていうか……」

そう言って少しはにかんだように笑う。

その表情はいつもの花村《はなむら》さんたちと屈託なく笑っているのとはどこか違うもので……何だかまた印象が変わるといいますか……

思わぬ発見にどこか不意打ち的な気分になっていると、

「でもなんか……嬉《うれ》しかったな」

「え？」

と、小鳥遊《たかなし》さんが少し遠くを見るようにそうつぶやいた。

「澤村《さわむら》っちがいっしょに手伝ってくれて。うち、さっきみたいにおせっかいをしちゃうことがけっこうあってさ、余計なことだってイヤな顔されたこともあったんだよ。だけど澤村《さわむら》っちはそんなことぜんぜんなかったから……」

「……」

うーん、そんなに大したことはしていないと思うんですが。

というかああいう風に困った人を気にかけることができる小鳥遊《たかなし》さんは素直にいいなと思うし。

そのことを伝えると、小鳥遊《たかなし》さんは慌てたような表情になった。

「そ、そんなこと……初めて言われたし……」

両手を頬に添えながら恥ずかしそうに顔をうつむかせる。

本気で照れているような反応。

これまた、見たことのない表情だった。

5

その後も園内の様々なアトラクションを回った。

「澤村《さわむら》っち、そっちそっち！」

「え、ど、どこ？」

「ほら、そこの宝箱の陰に敵がいるって！」

「あ、そっちか、よし、任せて……って、うわっ！」

「わわっ、い、痛いし……」

「ご、ごめん……」

(な、なんか柔らかかった……)

ハンドガンを撃ちながら海賊船の財宝探しをするシューティングライドで夢中になってぶつかったり。

「ええと、壁のボタンが順番に光るからそれを押していって……」

「あはは、澤村《さわむら》っち、腰つきがおっさんみたい」

「そ、そう言われても……」

「こんなの簡単だって。ほら、うちの方がぜんぜんいい成績じゃん」

「……」

(動く度にスカートがちらちらしていて落ち着かない……)

壁にランダムで光るボタンを一分間でどれだけ押せるかを競うアトラクションで惨敗《ざんぱい》したり。

「これ……水が張ってあるプール（？）に落ちていくんだよね？　え、濡《ぬ》れない？」

「んー、わかんね。けっこう濡《ぬ》れるんじゃん？」

「じゃんって……うわ、きた……！」

「ひゅー、気持ちいいし！」

「やっぱり濡《ぬ》れた……って、あ！　小鳥遊《たかなし》さん、自分だけポンチョを被《かぶ》って……」

「えー、なんのこと？　うち、知らないしー……って、ちょ、水かけてくるなし！」

ウォータースライダーで頭から水を被《かぶ》って笑い合ったりもした。

そしてその先々でも小鳥遊《たかなし》さんは、迷子の子どもを案内したり、カップルの写真を撮ってあげたり、困っている係員の手伝いをしてあげたりと、色々と面倒見のいいムーブをしていて……うーん、本当に印象が変わりますね……

そして次に向かった先。

それは――


「へー、今度は観覧車だし。テンションぶち上がるっていうかー！」

園内の目立つ場所にある巨大観覧車。

それを見上げながら、小鳥遊《たかなし》さんが弾んだ声を上げた。

「小鳥遊《たかなし》さん、観覧車は大丈夫なの？」

「へ、平気だし。ていうか澤村《さわむら》っち、うちが小学生レベルの乗り物しか乗れないとか思ってない？」

「それは……」

ちょっと思ってました。

「ったく、た、たまたま絶叫系とお化け屋敷《やしき》系が苦手だっただけだっての。ほらほら、さっさと乗るし」

「あ、うん」

小鳥遊《たかなし》さんに背中を押されて、観覧車に乗り込む。

近くで見る観覧車は思っていたよりもさらに大きく、十五分ほどかけて一周するのだということだった。

「えっと、確かここから見える景色の中に脱出のためのヒントになるのが隠されてるんだよな？」

「あ、うん、そうらしい」

「よーし、じゃあ澤村《さわむら》っちとうち、どっちが先に見付けられるか勝負しね？」

「勝負？」

「そうそう。負けた方が勝った方の言うことをいっこだけ聞くの。どう？」

いたずらっぽくこっちを見上げてくる。

それはこれまでの小鳥遊《たかなし》さんの印象（ギャルギャルしい）だと少しばかり不安な提案だったけれど、今の小鳥遊《たかなし》さんの印象（面倒見がいい）なら大丈夫なような気がする。

なので。

「ん、オッケー」

　そううなずき返した。

　というか明日夏も冬姫もよく似たようなことを言ってくるし、女子ってこういう勝負が好きですよね。

「よーし、んじゃめっちゃ気合い入れて探すからね。すぐに見付けて澤村《さわむら》っちをあっと言わせてやるし」

「俺も負けないからな」

「へへー、勝つのはうちだし。あっ、あそこにあるのは違う？」

「あれは消費者金融の看板じゃないかと……」

「ちぇっ、外れか。お、あれは？　座布団《ざぶとん》とか書いてある。今度こそビンゴじゃね？」

「ええと、『ザブトン』『カルビ』『ロース』……焼き肉だって」

「マジで？　まぎらわしいし」

そんなことを話しながら二人で眼下の景色をくまなく探す。

だけどヒントとなるキーワードは意外と見付からない。

思ったよりも街並みがゴチャゴチャとしていて見分けづらいといいますか……

だけど観覧車がてっぺんから少し下った辺りのところまで差しかかった時だった。

「あ、見て見て澤村《さわむら》っち、あれじゃね！」

小鳥遊《たかなし》さんが一際《ひときわ》大きく声を上げた。

「え、どれ？」

「ほら、あそこのメリーゴーランドの上に書かれてるやつ！」

小鳥遊《たかなし》さんが指さしていた先。

そこには確かに、目立つ赤色の字で何かが書かれていた。

「あ、確かに！　ええと、何て書いてあるんだろう？　『アマビエ』かな？　……って⁉」

「ん、どうしたん？　そんな声を上げて……っつつ⁉」

こっちを見た小鳥遊《たかなし》さんがびっくりしたような表情になる。

そこにはほとんど額と額がぶつかり合いそうなほどの距離にある小鳥遊《たかなし》さんの顔。

同じ方向に身を乗り出していたため、いつの間にかぴったりと寄り添い合うオシドリみたいになっていました。

「わ、悪い……っ……！」

謝って慌てて後ろに飛《と》び退《の》く。

だけど俺は一つ忘れていた。

ここは宙に吊《つ》られている、不安定な観覧車の中だ。しかも今日は風が強いときているため、少しの移動でも観覧車の中はそれなりに揺れるのであって……

「ちょ、澤村《さわむら》っち……わわっ！」

「え⁉」

ぽすん……

揺れでバランスを崩した小鳥遊《たかなし》さんが前のめりに倒れかかってきて……そのまま、俺のヒザの上に着地する格好になった。

傍《はた》から見れば対面で密着して抱き合っているカタチで、いつかの『マジカル☆バーニングストーブ』とほとんど同じようなポジショニングです。

「っっっっっつ……！　そ、その、これはあれだし！」

「う、うん……」

「す、すぐどくから、澤村《さわむら》っちも気にしないで――」

と、そこでなぜか小鳥遊《たかなし》さんの動きがぴたりと止まった。

「？」

見ると、何やらその視線が俺の肩越しに後ろに注がれている。

何かと思い振り返ってみると。

「‼」

そこにあったのは一台後ろの観覧車。

その中で……カップルらしき男女が、俺たちの位置からでも分かるくらいに桃色のオーラを振りまいていちゃいちゃしていました。……しかも今の俺たちとほとんど同じような体勢で。

いや、まあ、観覧車の中でそういうことをする人たちもいるとは話には聞いていましたが……

「……」

「……」

お互いに沈黙。

この上なく気まずい空気が観覧車内に流れる。

と、とにかく何であれ、離れないと……

「ご、ごめん、小鳥遊《たかなし》さん、ちょっと立ってもらえると……」

なのでそう言って小鳥遊《たかなし》さんを促そうとして。

ぎゅっ……

「え……？」

どうしてか、小鳥遊《たかなし》さんは立ち上がることなく、逆に俺の背中に回されていた腕に力を込めてきた。え、な、何で……？

ワケが分からず固まる俺に。

「さ、澤村《さわむら》っちも……あ、ああいうの、興味あるん……？」

「あ、ああいうの……？」

「ほ、ほら……あそこのカップルみたいな、その、にゃんにゃんっていうか、そういう感じのやつ……」

「え、い、いや、それは……」

それは興味がまったくもってこれっぽっちもないかと問われれば首を横に振らざるを得ませんが、何だって今そんなことを訊《き》いてきたんですかね……？

「う、うちは……興味あるよ。あ、ああいうの……」

「！」

「だ、だって、やっぱ知っとかないといざって時に困るじゃん……そ、その、付き合うようになったりしたら、当然そういう流れになることだってあるわけだし……」

口ごもりながら小さくそう言ってくる。

い、いや、それはそうかもしれないですけど……

「で、でも、その、何ていうか……俺は小鳥遊《たかなし》さんと違って、つ、付き合ったりしたことがなりから、こ、こういう場合にはどうしたらいいかよく分からないというか……」

わざわざ自分の非モテっぷりを暴露するような言い訳を口にする。

すると小鳥遊《たかなし》さんは、少し怒ったようにこう言った。

「バ、バカ……うちだって、こ、こんなの、初めてだっての……」

「え、そ、そうなんだ……？」

「あ、当たり前だし。う、うちはまだだれかと付き合ったことなんてなくて……って、い、言わせんなって……」

そう言うと、真っ赤になって顔をうつむかせてしまう。

な、何だろう、小鳥遊《たかなし》さんが何を考えているのかまったく読めないというか、いつものギャルギャルしい少し怖いイメージからかけ離れて、その、少しばかりかわいらしく見えるというか……

「……」

「……」

再び静寂の幕が下りる。

聞こえてくるのは観覧車が動くゴウンゴウンという低い音と、ドクンドクンとうるさいくらいに脈打つ自分の心臓の音だけ。

小鳥遊《たかなし》さんも『マジカル☆バーニングストーブ』を保ったまま動こうとしない。

い、いや、本気でどうしたらいいのか分からないんですが……

大して大きくもない俺の緊急事態キャパシティを遥《はる》かに超える状況に、自律神経はもうショート寸前である。

ほとばしる緊張感が頂点に達しようとしたその時だった。

ガラリ……！

と、そこでそんな音とともに、背後のドアが開かれた。

どうやらいつの間にか観覧車が地上まで戻ってきていたようで、係員のお姉さんが笑顔で立っていた。

「！」

「⁉」

現状に対応するのでいっぱいいっぱいだった俺たちはまったくそれに気付いていませんでした。

そしてそんなこちらの様子を一瞥《いちべつ》した係員のお姉さんが笑顔で一言。

「お客様、大変いい雰囲気のところ申し訳ございませんが、一組様一周ということになっております」

「あ、は、はい！」

「お、降りるし！」

慌てて『マジカル☆バーニングストーブ』を解除して。

二人で真っ赤になりながら、そそくさと観覧車から降りたのだった。

6

「ふ、ふう……めっちゃ恥ずかしかったし……」

観覧車から降りて。

まだ顔を赤くしたままの小鳥遊《たかなし》さんが額を拭いながらそうつぶやく。

「な、なんていうか、さっきのは事故みたいなものだから！　ちょ、ちょっとあれだったから雰囲気でそんな感じになっただけで、深い意味はないし！　ハ、ハゲタカにでもつつかれたと思って、き、記憶から消すこと！　い、いい？」

「あ、う、うん！」

「あ……で、でも勝負はうちの勝ちだったからね。後でちゃんと言うことを聞いてもらうし」

「う……はい」

最後のアクシデント（?）のどさくさで忘れてくれていないかなと思っていたけれど、しっかり覚えていたみたいです。

「うーん、なにがいい系かな？　すっごいおいしいスイーツをおごってもらうのとかもいいし、忠実なわんちゃんみたいに一日言うことを聞いてもらうのとかもありだし……」

「お手柔らかにお願いします……」

小鳥遊《たかなし》さんの口走る内容に少しばかり危険なものを感じていると、ふいに強い風が吹いた。

「うわっ……」

この辺りは高い建物も多いせいか時々突風が吹くんですよね。

あまりの勢いにオールバック状態になった前髪を手で押さえていると、

「！」

それが目に入ってきた。

目の前の小鳥遊《たかなし》さん。

その短めなスカート（ヒョウ柄）がめくれ上がって、風にさらされるがままにはためいていた。

「……」

「……」

「み、見たし……？」

慌ててばっ！　と手でスカートを押さえて小鳥遊《たかなし》さんが睨《にら》む。

「え、い、いや、その……」

「……」

小鳥遊《たかなし》さんが疑わしげな目でじっと見てくる。

いや、その、ほんの少しだけ、見えたといいますか……

とはいえそれをそのまま口にするのも気まずかったため言わ猿状態になっていると、

「……ま、まあ、澤村《さわむら》っちならいいけどさ……」

「え……？」

「な、なんでもないし！　ん？　それより澤村《さわむら》っち、頭がぼさぼさになってるんだけど」

「え？」

「今のでぼーんと爆発したっしょ？　ワックスとかつけてないん？　あはは、ハチの巣みたいになってるし」

「鳥の巣だよね……？」

ハチの巣だったら死んでます。

「ん？　まあそうとも言うかも。ヒョーゲンの自由ってやつ？　ま、それはいいや。ちょっと動かないでだし」

「？」

と、そこで小鳥遊《たかなし》さんが俺の頭に手を伸ばした。

これはまさか改めて俺の頭を本当にハチの巣にしようとしている……わけではなくて。

「ほら、うちが直してあげるって。澤村《さわむら》っち、せっかく元は悪くないんだから、こういうところをちゃんと気をつけた方がいいんじゃね？」

「え、あ、うん……」

バッグからブラシを取り出して、頭を撫《な》でながらブラッシングしてきてくれる。

その手つきはどこかペットの犬にするようなものではあったものの、意外なほど心地よくて、ついついされるがままになってしまう。

「よし、これでおっけ。イケメソイケメソ」

「イケメンじゃないんだ……」

「んー、そこは澤村《さわむら》っちだし」

そう言って楽しげに笑う。

まあいいんですけどね……

イケメソ認定されてそこはかとなく微妙な心地になっていると、

「ん？」

再び頭に何かが触れる心地がした。

また小鳥遊《たかなし》さんが髪をとかしてくれているのか……と思いきや。

「え、澤村《さわむら》っち、頭のそれ……」

「え？」

ピピィ。

聞こえてきた小さな鳴き声。

今度は本当に――鳥が乗っていた。

「あっはっは、え、マジで澤村《さわむら》っちの頭を巣と勘違いしたとか？　うけるー！」

「……」

うけません。

大笑いする小鳥遊《たかなし》さんを横目に、何だってこんなところにいるんでしょう……と頭に乗っていた小鳥（たぶん文鳥か何か）を手に乗せる。人に慣れているようだし、たぶんどこかから逃げてきた迷い鳥だと思うんだけど……

と、そこで気付いた。

あれ、この鳥……

「ケガしてる……？」

「え？」

「やっぱりそうだ、羽根が……」

どこか動きが鈍いなと思ったら、真っ白な羽根の付け根のところに血がにじんでいた。

それを聞いた小鳥遊《たかなし》さんが青い顔になる。

「え、それやばいじゃん！　どうにかしないと！」

「あ、うん、そうなんだけど……」

「え、ええと、こういう時ってどうしたらいいんだっけ……！　ま、まずは応急処置？　マウストゥマウス？　電気ショック？　……そ、そうだ、１１９番で……！」

焦《あせ》ったようにばたばたとスマホを操作しようとする。

さっきまで色々な人たち相手に面倒見のいいムーブをしていた時の落ち着いた様子とは大違いだった。

「それじゃ救急車が来ちゃうって。ひとまずこの辺りに動物病院がないか調べてみよう」

「あ、そ、そっか、そうだよな……」

「うん、ええと……」

スマホで検索してみると、どうやらこのすぐ近くに動物病院が一軒あるみたいだった。

「よし、これなら歩いていけそうだ。行ってみよう」

「お、う、うん」

うなずき返してくる小鳥遊《たかなし》さんとともに小鳥を手にして。

遊園地を出て、動物病院へと向かったのだった。


「はー、大したことなくてよかったし……」

「うん、そうだね」

診療所から出て、二人で胸を撫《な》で下《お》ろす。

診察を受けたところ、小鳥のケガは軽傷とのことだった。

念のため二、三日ほど入院して様子を見れば問題ないだろうと獣医さんは言っていた。

ただやはりどこかで飼われていた迷い鳥であるらしく、退院後しばらく飼い主が見付からない場合は保健所に引き渡さないとならないらしい。それを聞いた小鳥遊《たかなし》さんは「だったらその時はうちが引き取るし！」と即座に手を上げていた。

うーん、小鳥遊《たかなし》さんの面倒見がいいのは今日一日で分かっていたけれどそこまでするんですね……と少し驚いていたところ。

「うちさ……鳥が大好きなんだ」

小鳥遊《たかなし》さんはそう口にした。

「鳥が？」

「うん、そうだし。たぶん動物の中で一番好きなんじゃないかってくらい」

胸に両手を当てながら思い入れのある口ぶりでそう言う。

ちなみにその後ろには、『焼き鳥　鳥庶民』と書かれたでっかい看板がドドン！　と掲げられていた。

「あ、ちょ、そ、そういう意味じゃないからな！　かわいくて大事にしたいってことで……！」

「あ、うん、分かってる分かってる」

動物園のライオンの檻《おり》に『僕は人間が大好きです』と書いてあるようなものですよね。

小鳥遊《たかなし》さんはこほんと先払いをすると、気を取り直したように続けた。

「ほら、うちの名前、『小鳥遊《たかなし》』って鳥が入ってるじゃん？　だからってのもあるけど、昔からなんか愛着がわいてさ。今も家でインコちゃんを飼ってるし。だから、その、鳥が絡《から》むとちょっとノーマルじゃいられなくなるっていうか……」

「そうなんだ……」

そういうことならさっきの慌てぶりも納得がいった。

小鳥遊《たかなし》さんの言うところノーマルじゃない状態、アブノーマルだったんだろう。

「でもさっきは澤村《さわむら》っち、なんだかすっごい頼りになる感じだったじゃん」

「え？」

「うちはあんなにばたばただったのにめっちゃ冷静で、ぱぱっと動物病院に行くって決めてすぐに動いてたし。普段の教室にいる時のぬぼーっとしたのとは違った感じ」

「そう……かな？」

普段はそんなに寝ぼけたヌートリアみたいな印象なんだ……というのはともかく。

特に自分ではそんな意識もなかったというか、ここ最近は明日夏《あすか》や冬姫《ふゆき》といっしょにいて予想外の出来事が起こることが多かったので、そういった際の対処にも慣れてしまったというのがあるのかもしれない。

「そうだし。その、なんていうか……」

「？」

「ちょ、ちょっとだけ……かっこよかったかも」

「え……？」

「！　あ、い、今のはなし！　ちょっと口がすべったっていうか言わなくていいこと言っちゃったっていうか、お世辞みたいなもんだから！　べ、別に澤村《さわむら》っちのことなんて、そんな気にしてないし！　ほ、ほんとだからな！」

顔を真っ赤にしながらそう言って、小鳥遊《たかなし》さんが手をぶんぶんと振ったのだった。

7

その後は再び遊園地に戻って、『脱出するゲーム』を続行した。

スケスケのカゴに乗って高所から落下するアトラクションで小鳥遊《たかなし》さんが悲鳴を上げっぱなしだったり、やっぱり途中で小鳥遊《たかなし》さんの面倒見のいいムーブが発動して色々と脱線したり、なかなか脱出するための謎が解けなくて足踏みした場面もあったりもしたものの、おおむね順調に進んでいき。

それから二時間後には、無事に遊園地から脱出することに成功した。

「やったじゃん、澤村《さわむら》っち！」

「うん、何とかクリアできたね」

「へへっ、どうなるか途中ではちょい不安だったけど、やればやれるもんだし」

うなずき合って、ハイタッチを交わす。

辺りはもうすっかり暗くなっていて、この時期の催しなのか、周囲の街路樹や建物にはたくさんのイルミネーションが飾られて色とりどりに光り輝いていた。

受付で脱出記念の粗品をもらい、そんな普段とは違うキラキラとした景色の中を、小鳥遊《たかなし》さんと並んで歩く。

うーん、こんな風にして小鳥遊《たかなし》さんと一日二人で遊ぶ日がくるなんて、ほんの三日前まではこれっぽっちも思っていなかった。修学旅行ではほぼずっと同じグループだったとはいえ、明《あ》日夏《すか》や冬姫《ふゆき》、花村《はなむら》さんたちもいっしょだったし……

「今日は……ほんとにサンキュだし」

と、小鳥遊《たかなし》さんがぽつりと言った。

「花っちたちがあれだったせいで二人だけだったのに、最後までいっしょに回ってくれて。それだけじゃなくて、途中で色々めんどくさいうちのおせっかいとか、そういうのにも付き合ってまでしてくれて……」

「え？　いやこっちこそ楽しかったし」

「え、そ、そう？」

「うん。『脱出するゲーム』も面白かったし、小鳥遊《たかなし》さんの普段とは違う面も見られて、何だか新鮮だったっていうか……」

それは本当のことだった。

見た目は強めのギャルで、修学旅行などではいっしょに行動したりはしたものの、ちょっと生きる世界がやばいくらいに違うかと思っていた小鳥遊《たかなし》さん。

だけどその内面は、実は少しばかり怖がりで、面倒見がよくて、みんなとぜんぜん変わらないってことが分かった。

おかげでこれまでよりも小鳥遊《たかなし》さんのことを身近に感じられるようになった気がする。

「そ、そっか……」

嬉《うれ》しそうに小さく笑いながら小鳥遊《たかなし》さんが息を吐く。

と、そこで思い出したようにこう言った。

「あ、そ、そうだ……澤村《さわむら》っち、観覧車の時にした勝負のやつあったじゃん。それ、今やってもおけ？」

「え？　あ、うん」

色々あったのでそこはかとなく忘れかけていたけれど、そういえばそれがありました。

「よっしゃ。じゃ、じゃあさ、目……つむってくれない？」

「え、目？」

「そ、そうだし。いいっしょ？　なんでも聞くって約束だったんだから」

「う、うん……」

まあ、それはそうなんですが……

うなずき返しながら目をつむる。

何がくるのかと内心で少しばかり身構えていると……

なでなで……

「え……?」

頭に触れた柔らかな手付き。

見てみると……小鳥遊《たかなし》さんが、さっきやっていたようにペットの犬を撫《な》でるライクな感じで俺の髪をさわさわと撫《な》でていた。

「あー、ええと……?」

「ん、んー、なんか澤村《さわむら》っちの頭の手触りと匂い、うちのインコちゃんに似てるから気持ちよくって……クセになるんだよねー」

犬じゃなくてインコちゃんでした。

それは喜んでいいんですかね……?

哺乳類としての存在価値は全否定なコメントに複雑な心境になっていると、

「あ、あのさ……それで、もちろんこれはやりたかったんだけど、でもどっちかといえばついでっていうか、その、やってほしいことの本命は別にあるっていうか……」

「?」

「え、ええと……」

小鳥遊《たかなし》さんは少しの間（俺の頭を撫《な》でるのは継続しつつ）言葉を詰まらせていた。

だけどやがてもじもじとこっちを見ると、

「その、うちのことは……鳥っちって呼んでくれないかな……？」


「え？」

少しだけ声を小さくして、そう言った。

「あのさ、うち、昔はさ、鷹子《たかこ》って呼ばれてたんだよね。読みが『たかなし』だし、小鳥遊《たかなし》の意味が鷹《たか》がいないから小鳥が自由に遊べるってことからきたものだったから……」

「え、うん」

「それを初めて鳥っちって呼んでくれたのが花っちたちなんだ。うちが鷹子《たかこ》って呼ばれるのをイヤがってるのを知ってて、そう呼ぶようにしてくれたんだけど……。それ以来、鳥っちって呼ばれるのは気に入ってるんだよね」

「そうなんだ……」

突然あだ名の由来の話が始まった時にはどうしたんだろうと不思議に思ったけれど、そういう事情だったら合点《がてん》がいった。

小鳥遊《たかなし》さんは続ける。

「そういうことがあったから……仲のいい人ってか、うちが好きな人には、鳥っちって呼んでほしいっていうか、ずっとそう思ってて……」

「……」

「そ、その……だから澤村《さわむら》っちにもそう呼んでもらいたいって思ったんだけど、ダメ、かな……？　あ、も、もちろん、イヤならいいんだけど……！」

少しだけ上目がちにそう言う。

その照れたようなもじもじするような表情もまた見たことのないもので、どこか新鮮なものだった。

というか今の話を聞いてその提案を断ろうという気持ちなんて、ヘビイチゴの種ほどもあるはずもない。

だから。

「うん、分かった」

「え……？」

「──これからもよろしく、鳥っち」

「あ……」

その言葉にぱあっと表情を輝かせて。

「こっちこそだし！　よろしくね、澤村《さわむら》っち！」

そう言って、小鳥遊《たかなし》さん——鳥っちは小鳥が羽ばたくような今日一番の笑顔で見せてくれたのだった。

こうして……小鳥遊《たかなし》さんと二人で過ごす一日は終わったのだった。

*

『どうだった鳥っち、今日のデートはっ？』

『ん、よかったよ。脱出するゲームは成功したし、そ、その、澤村《さわむら》っちはいい感じだったし。

……ていうか花っちたち、わざと澤村《さわむら》っちとうちを二人きりにしたっしょ？』

『えー、なんのことかなっ？　あたしわかんなーい』

『そ、そういうのはもういいし』

『あー、やっぱバレてたかっ』

『って、バレバレだから！』

『でも鳥っちの様子を見る限り、やはり私たちは遠慮して正解だったんじゃないかい？』

『そうですね。二人だけの至高の時間が過ごせたようで何よりです』

『う、そ、それはそうかもだけどさ……』
『で、具体的にはどんなだったのっ？　もう告白はしたっ？』
『こ、こくは……ば、ばか、そんなのするはずないじゃん！』
『えー、そうなのっ？』
『ふふ、鳥っちは意外と純情だからね』
『まだ初デートでしたし、ちょっと早いかもしれませんよね』
『そ、そうだっての。ったく……』
『でもでも、鳥っちの浮かれてる感じ。なんかいいことあったんじゃないっ？』
『そ、それは……あったけど……』
『え、なになにっ？　実は向こうから告白されちゃったとかっ？』
『そ、そんなんじゃないし。ただ……』
『ただ、何かな？』
『興味あります』
『……』
『……』
『……』
『……』

『…………やっぱり秘密。すぐに分かるし』
『えー、なにそれ、気になる気になるっ！』
『そうだね、鳥っちが隠し事なんて珍しい』
『教えてくれませんか？』
『た、たまにはいいじゃん。なんていうかうちの、その……』
『？』
『……小鳥遊《たかなし》梨沙《りさ》の〝秘密〟ってことだし』

Nogizaka Asuka no Himitsu 139
Secret Level S

乃木坂明日夏の秘密⑬⑨ 秘密レベルS

冬姫には〝秘密〟が少しバレたけど……
受け入れてもらえた。

第三話
Chapter3

0

十二月も下旬に差しかかり、いよいよ世間には師走《しわす》のどこかいそいそとした空気が流れ始めると同時に、街はサンタとトナカイと光り輝くイルミネーションに埋め尽くされ、年に一度の西洋の聖誕祭への期待に沸き立ちまくっていた。

それは白城学園《はくじょうがくえん》でも例外ではなく、教室でも話題は二十四日から二十五日にかけてのアレな三時間をいかに心を波立たせずに穏やかに過ごせるかの解決法やら今から駆け込みで恋人を作るにはどうしたらいいかについての熱い議論やら街を我が物顔で闊歩《かっぽ》するサンタクロースの効率的な狩り方やらに終始している今日この頃。

そんな中。

「――クリスマスだっ！」

教室の中央で、花村《はなむら》さんが声高にそう叫んだ。

「やっぱり十二月と言えばクリスマスで、クリスマスと言えばクリパだよねっ！　クリパなくしてすがすがしい年末年始は迎えられないっ！」

　その熱を帯びた主張に。

「あー、うん、それはうちも同意だし。やっぱクリパでわーっと騒ぐのが正しいイブの過ごし方だよね」

「本来は西洋の行事とはいえ、もはや日本の風物詩の一つになっているしね」

「聖夜といえばたくさんのヴィジュアル系の名曲も出ている記念すべき時期ですしね」

　花鳥風月の鳥っち、風祭《かざまつり》さん、美月《みづき》さんもそう続ける。

「というわけで、あたしたちでクリパをやるぞっ！　やっぱり会場はだれかの家が盛り上がっていいよねっ。――澤村《さわむら》っちのうちは？」

「え、うち？」

　明日夏《あすか》と二人で『アイドルルーラー☆ドジっ娘マホちゃん』のクリスマス周回イベントについて話していたところ、突然話を振られた。

「そうそうっ。いいよねっ？」

「あー、やりたいのはやまやまだけど……」

　なぜか自動的に我が家が第一候補に挙がっていることには突っこみたい気もしたけれどそれはひとまず置いておいて、うちにはとてもそんな大人数は収容できるほどのスペースはありません。

五人も入れば人口密度が百二十パーセントの飽和状態になってしまうような典型的な一般庶民家屋なので、ちょっとこの人数（おそらく花鳥風月の四人、三Kあたり、明日夏《あすか》と冬姫《ふゆき》、その他何人か）は無理じゃないですかね……

「そっかー。何となく澤村《さわむら》っちの家はそういうのに向いてると思ったんだけどなー。あ、じゃあじゃあ、明日夏《あすか》っちの家はっ？」

「あ、すみません……私の家も今年は別のパーティーで使用するみたいで、ダメなんです」

明日夏《あすか》が申し訳なさそうにそう告げる。

乃木坂《のぎざか》邸なら広さ的には何一つ問題はないだろうけど、何といっても世界でも有数の名家だ。きっとこういった季節のイベントには名だたる有名人たちなんかがたくさん押し寄せて大変なんだろう。

「むむむ、明日夏《あすか》っちの家もだめかっ。こうなったら少しホームパーティー感は落ちるけどどっかカラオケのパーティールームでも借り切って決行するしか……」

花村《はなむら》さんが残念そうにそう言いかけて。

「あ、それならたぶん、うちが大丈夫だと思うよー」

そんなよく通る声が響き渡った。

聞き慣れたアニメライクな声。

教室の後ろで手を上げていたのは……冬姫《ふゆき》だった。

「え、ほんとっ、冬姫《ふゆき》っち！」

「うんー。どうせお父さんがクリスマスホームパーティーをやるって言ってたし、よかったらそれに混ざっていっしょに盛り上がろうぜー！」

「さすが冬姫《ふゆき》っち！　こういうところはちゃんとのってきてくれるそういうとこ、好きだよっ！」

花村《はなむら》さんが冬姫《ふゆき》に抱きつきながら声を上げる。

ああ、そうか、そういう選択肢もありましたね。うん、冬姫《ふゆき》の家なら問題ないと思う。

「よーし、それじゃあ二十四日は冬姫《ふゆき》っちの家でクリパだっ！　みんな、ちゃんと予定は空けておいてねっ！」

というわけで、クリスマスイブは冬姫《ふゆき》の家でホームパーティーが開かれることが決まったのだった。

1

それから何日か経《た》って。

ある日の放課後、俺は一人下駄箱《げたばこ》で靴を履き替えていた。

明日夏《あすか》と冬姫《ふゆき》は今日はVTuberについての打ち合わせがあるということで、先に帰ってしまっていた。

もともとは学年記念制作という内輪的な理由で始めたVTuberだったけれど、せっかく作ったのだからそのままにしておくのももったいないということで、実はその後も活動は継続していたのだ。その一環で配信をYabee Tubeに投稿してみたところ、意外にも……というかある意味必然的に人気が出て、今でも定期的に動画を配信し続けていたのだった。

今日の打ち合わせも、クリスマスに向けた特別配信の準備をするためのものなのだという。

「クリスマス、か……」

十二月二十四日まで、あと一週間を切っていた。

当日はみんなで集まって冬姫《ふゆき》の家でクリスマスパーティーである。

明日夏《あすか》たちと過ごす初めてのクリスマス。

いったいどんなものになるのだろうか……

そんなことをそこはかとなく考えながら、校門に差しかかった時だった。

「――澤村《さわむら》さん♪」

「うひょうっ……！」

耳元でふいにそうささやかれました。

その声のあまりの心地よさと、耳に触れた吐息の甘やかさに、最上級のマタタビをホンマグロのツナとともに与えられた野良猫《のらねこ》みたいに悶絶《もんぜつ》しつつマジカルスイートブレスの主の元へと顔を向ける。

するとそこには……

「こんにちは、澤村《さわむら》さん♪」

「え……？」

明日夏《あすか》がいた。

咲き誇る白百合《しらゆり》みたいな笑顔で、ちょこんと首を傾けながらこっちに向かってぱたぱたと小さく手を振っている。

あれ、明日夏《あすか》、帰ったんじゃなかったっけ……？

一瞬疑問に思うも、僅かな違和感に気付く。

目の前の明日夏《あすか》（？）は明日夏《あすか》にしてはどこか大人びているような気がするし、それに少しばかり……ほんの少しなのだけれど、まとっている雰囲気が違うようにも思える。

何より明日夏《あすか》だったら、二人だけの今の状況なら人懐《ひとなつ》こいモードで「せんせー♪」と声をかけてくるはずだ。

ということは、これらから導き出される結論は……

「……もしかして、未来《みらい》さんですか……？」

それ以外に考えられない。

ワンチャン明日夏《あすか》のリアルお母様である春香《はるか》さんの可能性もあったけれど、ここはこれで間違っていないだろう。

その俺の解答に。

「はいっ、そうです♪」

目の前の明日夏《あすか》（？）――未来《みらい》さんはぱあっと表情を輝かせて嬉《うれ》しそうにきゅっと手を握ってきた。

「やっぱり。いつ帰ってきたんですか？」

「うふふ、ついさっきです。まずは明日夏《あすか》ちゃんと澤村《さわむら》さんにお会いできたらと思って真っ先にここに来てしまいました。アリスさんといっしょに待っていたんですけど……」

「……おひさしぶりです」

「うおっ……!?」

そんな声とともに、ふいに後ろから声をかけられた。

振り返るとそこには……金髪碧眼《へきがん》のメイドさんの姿。

いやまったくもってこれっぽっちも気配を感じなかったんですが……

「……無音移動術は、乃木坂《のぎざか》家メイド隊メイド長のお家芸です」

「は、はあ……」

そんなのあるんですね……

まあそれはともかく。

「あの、せっかく来てもらってあれなんですけど、明日夏《あすか》は今日は用事があるので先に帰ってしまっていて……」

「あら……そうなんですね」

「はい。なので明日夏《あすか》に会いたいなら屋敷《やしき》に戻った方がいいかもしれません」

「……」

「未来《みらい》さん？」

「いえ……ちょうどよかったかもしれません。実は……澤村《さわむら》さんにご相談があるんですけど、よろしいでしょうか？」

こっちをじっと見上げながらそう言ってきた。

「え、俺に、ですか？」

「はい。もし時間がありましたらなのですけれど……」

「それは大丈夫ですけど……」

いったい何なんでしょう？

怪訝《けげん》に思う俺に、

「わあ、ありがとうございます♪　ではここで立ち話も何ですので、こちらへどうぞ」

にっこりと笑う未来《みらい》さんにそう促されて、場所を移すことにしたのだった。


移動した先は、黒塗りの高級車だった。

百メートル先からでも分かるような豪華な代物で、後ろから後輩が追突してその道の関係者と条件付きの示談をすることになりそうな見た目。ちなみに車内は応接室と見紛《みまご》うばかりに広く立派で、テレビや冷蔵庫があったり沈み込んでしまいそうなくらいふかふかなソファが鎮座していた。

「……こちらをどうぞ。シルバー・ティップス・インペリアルになります」

「あ――ありがとうございます」

アリスさんがカップに紅茶を注いで手渡してくれる。

温かなシルバー何とか（長い……）とやらは飲んだことがないくらい複雑な味がして、じんわりと胸の奥に染《し》みるものだった。

「ええと、それで相談というのは……？」

「あ、はい、それなんですけれど……」

未来《みらい》さんが改まったように口を開いた。

「私……今回は、どうしても外せない大切な用事があって帰国したんです。いつもは年末に家族と過ごすために帰るようにしていたのですけれど、それがあったために今年は予定を早めて……」

トーンを落とした口調でそう言う。

未来《みらい》さんがこんなに真剣な表情で外せないと口にする用事。

それは……何なんですかね？　何といっても乃木坂《のぎざか》家の長女である未来《みらい》さんにそう言わせるくらいだ。何か世界的なコンサートとかサミット級の会議とか、あるいは世界の命運に関わる重大な何かなのではないのかと勘ぐってしまう。

「あの、その用事っていうのは……」

どんなものが飛び出してくるのか少しばかり戦々恐々としながら恐る恐る訊《き》いてみる。

すると未来《みらい》さんはヒザの上できゅっと手を握った。

そして顔を上げて真っ直《ま》ぐ《す》に俺の方を見ると、

「──『ドジっ娘アキちゃん生誕記念☆クリスマスメモリアルリリースイベント』です♪」

「…………はい？」

一瞬、何を言われているのか分かりませんでした。

「ええと、秋葉原で行われるスペシャルイベントなんです。実はそれが今日から開催されていて、いっしょに行ってくれる方を探していたんです。明日夏《あすか》ちゃんは今日は用事があるようなので……」

「……」

……そうでした。

この人はそういう人でしたね。明日夏《あすか》の姉で、才色兼備で完全無欠に見えるのだけれど割と天然でおっとりとしていて、冬姫《ふゆき》や神楽坂《かぐらざか》先輩からもリスペクトされるほどの完璧超人始祖みたいな〝アキバ系の女神〟で……

そこはかとなく脱力する俺に、未来《みらい》さんは続けた。

「それでどうでしょう？　もしよろしければ澤村《さわむら》さんに付き合っていただけるとすごく嬉《うれ》しいのですが……。その、私、最近の秋葉原には疎《うと》いので……」

「あー、はい、大丈夫です……」

「本当ですか！　ありがとうございます。それではさっそく行きましょう」

未来《みらい》さんが本当に嬉《うれ》しそうにそう声を上げて。

そんなこんなで、あれよあれよという間に、未来《みらい》さんといっしょに秋葉原へ向かうことになったのだった。

2

週末の秋葉原は、たくさんの人で溢《あふ》れていた。

大学生くらいのカップル、大きな紙袋を持った俺たちと同じくらいの歳《とし》の男子、チラシを配っているメイドさんや様々なコスプレをした人たちなど。

ここ最近ではだいぶ一般寄りにはなってきたとはいえ、やはり明らかに他の街とは違った雰囲気がある。

そんな元祖〝アキバ系〟の聖地とも言える中を、未来《みらい》さんと並んで歩いていく。

向かっている先は、駅のほど近くにあるアニメショップなのだけれど……

「ええと……おそらくこっちだと思うのですが……」

そう言ってきょろきょろと辺りを見回しながら角を右に曲がろうとした未来《みらい》さんに、

「あ、いえ、この地図によるとあっちですね。ちょうど反対方向ですが、歩いてすぐだと思います」

「あ、そ、そうなんですね。私、あまり地図には強くなくて……」

そう言いながら、スマホに表示された地図をくるくると回してさらに斜め四十五度の方向に進もうとする。

「あ、その、そっちじゃなくて……」

「え、え……？」

「え、ええと……よければ俺が案内しますから」

そう言ってまごまごとする未来《みらい》さんを先導する。

何ていうか、未来《みらい》さん、意外と方向音痴というか地図が読めない感じなんですかね……？

さらにそれに加えて。

「……」

うーん、見られてます……よね？

さっきから視線を感じて大変だった。

黒塗りの高級車でベルサーユ前まで乗り付けた時の周りの注目も相当なものだったけれど、今はそれよりもさらに多くの視線にさらされている気がする。

理由は明白だった。

だって……隣にいるのは、あの未来《みらい》さんだ。

ただでさえモデルやアイドルかと見紛《みまご》うばかりのこの上ないくらいの清楚《せいそ》な美人なのに、さらには〝アキバ系の女神〟として名を馳《は》せ、特にこの場所ではヘタをすれば芸能人やスポーツ選手などを超えるくらいの有名人であって……

「な、なあ、あれってもしかして乃木坂未来《のぎざかみらい》さんじゃないのか……？」

「や、やっぱりそうだよな？　あの有名な〝アキバ系の女神〟……え、本物を見れるなんてマジで……！」

「外国に留学中だって聞いてたけど……」

そんなささやきが周りから聞こえてくる。

「それで……隣にいるあいつは何なんだ？」

「さあ？　取り巻きとかじゃね？　それか勝手に付いてきてるだけの追っかけとか？　あるいは荷物持ち？」

「モブっぽいっていうかどこにでもいそうっていうか、カタクチイワシ型クリムゾンみたいな顔してるもんな」

カタクチイワシ型クリムゾンみたいで悪かったですね……

というかいつかのオオサンショウウオ型クリムゾンといいドブネズミ型クリムゾンといい、

このまま何種類のクリムゾンを制覇するんでしょうか……

「？　どうしたんですか、澤村《さわむら》さん？」

「あ、いえ、俺ってカタクチイワシ型クリムゾンぽいのかなって……」

ついそう口にしてしまうと、

「私、カタクチイワシ型クリムゾン、好きですよ♪」

「え？」

「カタクチイワシ、かわいいと思います。ぎゅーっとしたくなっちゃいます」

「……」

それはすごく生臭くなるような……

それに自分が言われている対象なのでこう言うのも微妙にアレですけど、かわいいですかね
……？

いまいち未来《みらい》さんの嗜好《しこう》方向が分からずに困惑してしまう。

と、そんなことを話している内に、目的のアニメショップに辿《たど》り着《つ》いた。

「着きました。ここの六階のイベントスペースで開催されるみたいです♪」

「そうなんですね」

「はい、行きましょう」

うきうき顔の未来《みらい》さんといっしょに、少し狭めのエレベーターに乗ってイベントのあるフロ

アへと向かう。

と、その途中でちょっと気になっていたことを訊《き》いてみた。

「そういえば今日のイベントって、マホちゃんじゃなくて、アキちゃんなんですね」

「はい、そうです♪」

「ええと確か、ドジっ娘魔法少女シリーズの一番初めの魔法少女で……」

ファンの間ではレジェンド級の扱いになっているけれど、相当昔の作品だったはずだ。

十年とか二十年とかそれくらいの過去作で、俺も実のところ詳細はあまりよくは知らないんですよね……

そう未来《みらい》さんに告げると、

「そうですね、今の方たちはあまりアキちゃんについてはご存じないかもしれません」

「未来《みらい》さんは、どうして好きになったんですか？」

「あ、はい。アキちゃんはお母様が大好きだったので、私もいつの間にか惹《ひ》かれるようになったんです。ふふ、いつもリビングに流れていて、それをお母様が幸せそうな顔で見ていたのを幼心に覚えています。そういうこともあって、もちろん今のマホちゃんも大好きですけれど、やっぱりアキちゃんは外せないところなんです。そのメモリアルリリースイベントがひさしぶりに開かれるということで、いてもたってもいられなくなってついこうして駆け付けちゃいました♪」

弾んだ声（少しだけ早口）でそう語る。

なるほど、そういう事情が……

つまりはお母様からの二代にわたってのお気に入りということですよね。それならこのハマりっぷりも分かるかも……と未来《みらい》さんのアキちゃん好きに納得しつつ、エレベーターを降りてイベントスペースへと足を踏み入れる。

と、フロアに入るなり、ハイトーンの歌声が耳に飛び込んできた。

これは……？

「あ、もう始まっているみたいですね。今日のイベントはミニライブからスタートするとのことでしたから」

「ミニライブ？　あれって……！」

フロアにあるミニステージで歌っていたピンク色の髪の女の人。

そのハデで目立つけれど凛《りん》としている姿には、見覚えがあった。

「姫宮《ひめみや》みらん……？」

「そうなんです♪　『魔法少女ドジっ娘アキちゃん』の主題歌は、全てあの方が歌っているんですよ」

未来《みらい》さんが嬉《うれ》しそうにそう解説してきてくれる。

有名なアーティストであり、紅白にも出たことのあるアニソン界の女王。

前に白鳳祭《はくほうさい》のステージにも出ていたけれど、まさかこんなところでもあの姫宮《ひめみや》みらんを見ることができるとは思いませんでした。

やがて周りのお客さんたちのノリノリのコールに合わせた曲が終わり（未来《みらい》さんも鮮やかな身のこなしでぴょこぴょこと動き回っていた）、姫宮《ひめみや》みらんがフロアに向かってこう言った。

「はーい、みんな、お疲れさま！　ドジっ娘ー！」

「「「アキちゃーん‼」」」

「ダメっ娘ー！」

「「「メグちゃーん‼」」」

「ん、元気みたいだねー！　今日は記念すべき『魔法少女ドジっ娘アキちゃん』のメモリアルリリイベだけど、準備はできてるー？」

「「「マジカルー！」」」

「よーし、いい返事！　じゃあ本番の握手会とお渡し会はミニライブの後だから、もう少しだけあたしの歌を聞きながら待っててねー！」

「「「ヒュー！！！」」」

姫宮《ひめみや》みらんの声にフロアが沸き立つ。

説明によると、どうやらこの後の流れとしてはミニライブの第二部を行い、その後に待ちに待ったアキちゃんのメモリアルクリスマス仕様のＨＤリマスターブルーレイボックスの販売及びリリイベが行われるらしい。

　ということはこのままここに残ってイベントの開始を待つのかな……と思いきや。

「それでは澤村《さわむら》さん、一度下に行きましょうか？」

「あれ、いいんですか？　二部があるっていう話でしたけど……」

　見ていかないんでしょうか？

　すると未来《みらい》さんはにっこりと笑ってこう言った。

「はい。二部はだいたい一部と同じ内容なので。ライブを見ることができる人数は限られていますし、私はもうたくさん楽しませていただきましたし、なので二部の方はこれから来られる他のだれかに譲ることができたらなあと思ったんです♪」

　心の底からそう思っているだろうほんわかとした笑顔。

　うーん、この人は本当に女神か何かなんですかね……？

3

　ミニライブの二部が終わるまでの間、辺りで適当に時間を潰すことになった。

「ええと、どうしましょうか？　どこか喫茶店でも入りますか？」

「そうですね……あ、澤村《さわむら》さん、私、あそこに行ってみたいです」

「あ、ゲーセンですね。了解です」

うなずき返して、未来《みらい》さんとともにアニメショップからすぐ目と鼻の先にあったゲームセンターへと向かう。

地下一階、地上五階建ての大型施設。

格闘ゲームからパズルゲーム、太鼓を叩《たた》いたりするリズムゲームからハンドル付きのレースゲームなど、さらにはプリクラやクレーンゲームというアミューズメントまでほぼ全てのジャンルがそろっていて、さすがは秋葉原というラインナップである。

だけど少し気になることがあった。

それは……

「そういえば、何だかやけにアキちゃんが推されてますね。あちこちアキちゃんだらけだ……」

アキちゃんの対戦格闘ゲームが一番目立つところにずらりと並べられているし、ゲームの景品などもほとんどがアキちゃん絡《がら》みのものになっているし、店内に流れている案内の声もアキちゃんのものになっている。いくらレジェンドなタイトルとはいえ、十年以上前の作品だっていうのに……

「あ、はいです。今日のメモリアルイベントの協賛で、たくさんのところがアキちゃん仕様になっているんですよ♪」

「そうなんですか？」

「ええ、とっても素敵ですよね♪」

そう言われてみればここに来るまでも、ビルの宣伝広告や電光モニター、ショップに飾られていたポスターやのぼりとかも、全てアキちゃんのものだった気がする。

あれ？　だけど明日夏《あすか》や冬姫《ふゆき》はこのことについて何も言ってなかったですよね？　普段のあの二人の情報収集力なら、ここまで大々的にやっていてかつドジっ娘魔法少女シリーズに関連するものである以上一言くらい話題にしていそうなものなのに……

心の中で大きく首を捻《ひね》っていると、未来《みらい》さんが何かを目にして声を上げた。

「わ、澤村《さわむら》さん、あそこを見てください！」

「あ、クレーンゲームですね。あれもアキちゃん仕様になってる」

「や、やってみたいです。いいですか？」

「あ、はい、もちろん」

「ありがとうございます♪」

花が咲くような笑みを浮かべて、とてとてと未来《みらい》さんが筐体《きょうたい》へと駆け寄る。

そうして始めたクレーンゲームであったのだけれど……

「……なかなか取れないです……」

五分後。

筐体《きょうたい》の前でそううなだれる未来《みらい》さんの姿があった。

ひとまず三回ほどやってみたのだけれど、お目当てのアキちゃんメモリアルクリスマスバージョンのぬいぐるみはいまだに景品台に鎮座したままだった。

代わりに取れたのはフナムシ型クリムゾンの等身大ぬいぐるみ（でかい）という有り様である。

というか未来《みらい》さんにも苦手なものなんてあるんですね……

「……うう……どうすればいいんでしょう……」

「あの、もう少しアームを奥まで移動させればいいと思います」

「え？　こ、こんな感じでしょうか……？」

「いえ、ええと、それだと行き過ぎなのでもうちょっと調整して、ここで止めて……」

わたわたとレバーを動かす未来《みらい》さんを誘導するように、手を重ねてレバーを操作する。

「わ、すごいすごい、つかめました！　そ、そのまま落ちないでください……が、がんばって……わあっ……♪」

弾んだ未来《みらい》さんの声とともに、アキちゃんメモリアルクリスマスバージョンのぬいぐるみがポトリと取り出し口に落ちる。

「と、取れました……っ……！　す、すごい、すごいです、澤村《さわむら》さん……♪」

「いえ、これくらい……」

ゲーム全般はそれほどでもないんだけれどクレーンゲームだけは昔からそこそこ得意なんですよね。というかメモリアル仕様になっているのか、アームも強くて割と取りやすくなっていたし……

と、そこで気付いた。

今の俺の位置関係。

未来《みらい》さんの後ろからレバーを操作するかたちになっていたため、ほとんど後ろから二人羽織《ににんばおり》のごとく密着するような体勢になってしまっている。

「す、すみません……っ！」

慌てて満員電車で痴漢冤罪《えんざい》を訴えるサラリーマンのように両手を上げて離れる。

だけど未来《みらい》さんは、

「？　どうかされましたか？　ええと……ばんざい？」

ぽわんとした表情でそう目をぱちぱちとさせているだけだった。

う、うーん、無邪気といいますかイノセント極まりないといいますか……

何と反応していいか分からなくなる俺の前で未来《みらい》さんは、

「ありがとうございました。ふふ、澤村《さわむら》さんはきっとクレーンゲームの名手さんなんですね♪」

そう嬉《うれ》しそうに笑ったのだった。


クレーンゲームの次に未来《みらい》さんが興味を示したのは、

「わあ、あそこにもアキちゃんです……♪」

好物の魚の群れを見付けたコウテイペンギンのようにたたたっと駆け寄る。

その先にあったのは……アキちゃん仕様のガチャ（リアル）でした。

「アキちゃんミニフィギュアメモリアルクリスマスバージョンが当たりなんですね。ちょっとやってみますね」

そう言ってわくわくした表情でガチャを回す。

ガコンという音とともに、手のひらサイズのプラスチックケースが転がり出てきた。

「えへへ、何が入っているんでしょう」

「どうですか？」

「ええと……あっ」

「未来《みらい》さん？」

「……」

未来《みらい》さんが無言で見せてきてくれた中身。

それは電気ナマズ型クリムゾンのミニフィギュア（不細工）だった。

「あー、え、ええと、こういうこともありますよ。次はきっといいのが出てくれますって」

「そ、そうですよね？　アキちゃん、来てください……えいっ」

祈るようにしてガチャを回す。

だけどそこに入っていたのも、

「……ダボハゼ型クリムゾンさんです……」

「……」

これもまた不細工だ……

「だ、大丈夫ですよ、次こそは。三度目の正直っていうことわざもありますし……」

「は、はいっ……」

ぎゅっと手をグーにして再びガチャに手をかける。

だけどその後も何度か回すも、出てくるのは全てクリムゾン（不細工・武骨・不気味）ばかりで……

「…………」

未来《みらい》さんの目から完全にハイライトが消えています……

というかこんなシーン、どこかで見たことがあった。あ、そうだ、あれだ。前に明日夏《あすか》が『ＭＧＯ』のガチャで爆死しまくっていた時の……。あの時もとにかく目当てのＳＳＲが出なくて、明日夏《あすか》が死んだ目をしていました。

「……うう、アキちゃん、今日はご機嫌が悪いんでしょうか……」

というか未来《みらい》さん、なんか意外とポンコツ……？

クレーンゲームは不器用だし、ガチャも何だか不穏な感じだし、意外と明日夏《あすか》に近い部分があるというか……

床に転がった外れガチャの山を前にして涙目になる未来《みらい》さんを見ながらそんなことを思う。

「こ、こうなったらもう澤村《さわむら》さんが頼りです……！」

「え？」

「お、お願いします……わ、私の代わりに回してください……っ……」

半ば懇願するようにそんなことを言ってくる。

お、俺がですか……？

や、でも明日夏《あすか》の時もそうだったけれど、別に俺は単体ではガチャ運がいいわけじゃないというかむしろ悪い方なんですよね……

「じゃ、じゃあ、せめていっしょに回しましょう。俺一人じゃ不安なので……」

「わ、分かりました……お願いします」

そううなずき合って。

未来《みらい》さんといっしょに、手を取り合ってガチャのレバーをひねる。

ガシャポン、という音がゲーセンの喧噪《けんそう》の中に小さく響いて、続いて運命のガチャが転がり出てくる。

「……」

「……」

ゴクリ……

赤点の答案を両親に見せる時のような張り詰めた空気の中で、未来《みらい》さんがゆっくりとガチャを開ける。

そこに入っていたのは……

「……ア、アキちゃんです……！」

「え……？」

「アキちゃんメモリアルクリスマスバージョンです……や、やりました……！」

キラキラと輝く豪華な衣装に身を包んだアキちゃんのフィギュアに、未来《みらい》さんが声を震わせる。よ、よかった、出てくれた……

「さ、澤村《さわむら》さんは守り神かもしれないです。いっしょにいてくださると運気がぐんぐん上昇する幸運の象徴で……」

「や、そ、そんな大それたものじゃ……」

せいぜい道端にポツンと立つ名もないお地蔵さんがいいところだと思います。

というかここに至るまであれだけ外れガチャが出ていたので、消去法的にさすがに当たりが出るのもある意味必然というか……

だけど未来《みらい》さんは首を横に振って、

「いいえ、とっても霊験《れいげん》あらたかな澤村《さわむら》さん大明神ですよ。ふふ、澤村《さわむら》さんがいっしょにいてくださってよかったです……♪」

フィギュアを大切そうに胸に抱きながら、そんなことを言って微笑《ほほえ》んだのだった。


「——あ、そこのお二人さん、よかったらクイズをやっていきませんか？」

「え？」

ガチャで無事にお目当てのものをゲットすることができて。

さらにゲームセンター内を適当に回っていると、ふとそんな声をかけられた。

「アキちゃんのメモリアルイベントに来られた方ですよね？　イベントの一環で、クイズ大会をやっているんです。見事に三問正解をすれば記念にアキちゃんボイスの目覚まし時計をプレゼントします。どうですか？」

「！　や、やりましゅっ！」

係員のお姉さんが最後まで言い切るのを待たずに食い気味に（さらに嚙《か》み気味に）未来《みらい》さん

が反応した。

　その様子は某チュールを目の前にちらつかされた仔猫《こねこ》のようで……というか、はい、何となく未来《みらい》さんの行動パターンが分かってきたような気がします。

「分かりました。――それでは第一問です。アキちゃんのフェイバリット魔法で、最初に――」

「『マジカル☆リベンジャー』ですね♪」

「え……？」

　今、問題文を読み切らない内に0.5秒くらいで答えてませんでした……？

　俺には問題が何であるかすらまともに把握できていないんですが……

　だけど係員のお姉さんが驚きの表情で告げたのは、

「せ、正解です……」

　その言葉だった。

「やりました、澤村《さわむら》さん♪」

　未来《みらい》さんが無邪気にぴょんぴょんと飛び跳ねて喜ぶ。

「な、何で……？」

「え？　アキちゃんのフェイバリット魔法は『マジカル☆スパーク』『マジカル☆インフェルノ』『マジカル☆リベンジャー』の三種類しかないんです。その中で実際に使われたのは『マジカル☆スパーク』と『マジカル☆リベンジャー』で、そのうちで先に使われたのは『マジカル☆リベンジャー』ですので……」

「……」

さらりとそんなことを言う。

いやそんなカエルの子どもはオタマジャクシですくらいの感覚で言われましても……

何だかんだいってもやっぱり基本的なスペックが完璧超始祖人レベルなんですよね、この人……

その後もクイズは続いたものの。

「アキちゃんがドジっ娘ブートキャンプで――」

「オニヒトデ型クリムゾンです♪」

「アキちゃんとメグちゃんの初めての合体――」

「『ミューズ☆エクスクラメーション』だと思います♪」

「せ、正解……です……」

三分と経《た》たずに全ての問題に答えきった未来《みらい》さん。

ちなみに問題文は全部読むとそれぞれ、「アキちゃんがドジっ娘ブートキャンプでビリー魔法教官から渡された魔導具で倒したクリムゾンは何でしょう?」と「アキちゃんとメグちゃんの初めての合体魔法は『マジカル☆ビッグバン』ですが、ではその次に使った合体魔法は何でしょう？」であるとのことらしかった。何で分かるんですかね、こんなの……

「え、ええと……す、すごいですね、お姉さん……」

係員のお姉さんも山でツチノコを探していたらヤマタノオロチに遭遇したトレジャーハンターみたいな顔をしていた。

「……」

〝アキバ系の女神〟と称された未来《みらい》さんのすごさを改めて思い知らされたような気がしました……

4

「えへへ、かわいいです♪」

クイズ大会で手に入れたアキちゃん仕様の目覚まし時計を見て、未来《みらい》さんが幸せそうな声を上げる。

「ほら、見てください。時間をセットするとここの窓のところから声といっしょにアキちゃんが出てくるようになってるんですよ。よくできてますよね？」

「あ、ホントですね。すごい」

「うふふ、朝起きるのが楽しみになってしまいます。おうちに帰ったらさっそく明日から使います……♪」

宝物を手に入れた子どもみたいな未来《みらい》さん。

ちなみに未来《みらい》さんはゲームセンターを出た直後にアニメショップとは真反対の方向に歩き出そうとしたんだけれどそれはさておき。

そんなことを話しながら道を歩いていると、ふとあるものが目に入った。

「あれは……？」

少し離れた先にある公園で輝いているイルミネーション。

それはアキちゃんとマホちゃんが仲良く手を取り合いながらマジカルロケットランチャーを撃ち出している姿をかたどっていて、さらにその傍《かたわ》らにはピアニッシモちゃんまでもが控えていた。

「……」

あれ……見せたら明日夏《あすか》が喜びそうかもしれない。

せっかくここまで来たのも何かの縁だし、写真に撮って後で送るのもいいかもしれません。

なので未来《みらい》さんに言った。

「あ、すみません、ちょっと写真を撮ってきたいんですが、いいですか？」

「あ、はい。では私はここで待っていますね♪」

にっこりと笑顔でそう答える未来《みらい》さんを残して、公園へと向かう。

あまり待たせるのも悪いためササッとハシブトガラスの行水のごとく済ませるべく、スーパーカメラマンのごときシャッタースピードで素早くイルミネーションを撮影した。

「よし、これでオッケーっと」

写真フォルダを見てちゃんと撮れていることを確認して、スマホをポケットにしまう。

時間にしておよそ五分ほど。

これならさして待たせていないはずだ。

だけど未来《みらい》さんのところに戻ってみると……

「──だからさ、これからいっしょに僕のタワマンに行こうよ、明日夏《あすか》ちゃん」

なんか、いた。

わずか五分の間に、何か変なのが発生していた。

未来《みらい》さんにまとわりつくようにして何かを一方的に話しかけている男の姿。

最初はナンパかキャッチかとも思ったけれど、その一見イケメンなんだけどどこか性格の悪そうな人相は、どこかで見た覚えがあるような気がした。

「はあ……ですがあの、私はこれから行くところがあるのですが……」

「そんなのいいっていいって、スルーしちゃいなよ。僕の部屋には七十インチのテレビがあるからそれでマホちゃんのクリスマス劇場版を見よう？　それ以上に幸せなことなんてあるわけないって」

「いえ、その……」

ともあれ未来《みらい》さんも困惑しているようなので放っておくわけにはいかない。

「あの……」

あまり相手を刺激しないように声をかけながら近づくと、男が振り返った。

「ああん、今取り込み中だ、だれだか知らないが後にしろ……って、ちっ、またお前か」

こっちの姿を目に留《と》めると、男は露骨に嫌そうな顔をする。

うーん、この反応からしてやっぱりどこかで面識があるっていうことですよね……？　だけど思い出せない……

本気で心の中で首を捻《ひね》っていると、男は吐き捨てるようにこう口にした。

「毎度毎度、羽虫みたいに湧いてくるな。今は僕と明日夏《あすか》ちゃんのラブラブタイムなんだ。邪魔者のお前はどこかに行ってろ。前みたいに邪魔をするつもりなら、今度こそ分かってるだろうな？」

「……」

「あん、何だその顔は？　僕に向かってそんなカタクチイワシ型クリムゾンみたいな不細工な顔を向けて許されると思っているのか？」

「……いえ、あの、だれでしたっけ？」

「‼」

本当にどこかで見たことはある気がするんですよね。だけどそれがいつどこでだれだったのかが思い出せないといいますか……

すると男は、顔をガ●モンみたいに真っ赤にしてこう叫んだ。

「お、お前……下等で単細胞な『ＡＭＷ研究会』部員の分際で、僕を忘れたというのか！　僕は佐々岡《ささおか》だ！　佐々岡龍斗《ささおかりゅうと》様だ！」

「佐々岡《ささおか》……あ」

思い出した。

確かあの、明日夏《あすか》のホームパーティーの時にやたらと絡《から》んできた粘着質な……

あれ以来見ることもなかったしこれっぽっちも覚えておきたい相手でもなかったので、すっかり忘れていました。

「ふ、ふん、単細胞生物は脳細胞も貧困だな。ちっ、久々にアキバに来てみればよく分からん古くさいアニメキャラのイベントをやっているしこいつとは出くわすし……。……まあいい、そんなことよりお前はまだ懲りずに明日夏《あすか》ちゃんにまとわりついているのか。はっ、滑稽だな。見苦しい」

「いえ、その……」

まとわりついているのはどう見てもそっちな上に、そもそもそこにいるのは明日夏《あすか》じゃなくて未来《みらい》さんなんですが……

とはいえそれを説明するのも面倒くさかったためどう対応しようか考えこんでいると、佐々《ささ》岡《おか》は勝ち誇ったように鼻から息を吐いた。

「ふん……何とか言ったらどうだい？　今日はあのロリババアもワケの分からないサングラスのメイドもいないんだろう？　はっ、守ってくれる後ろ盾がいないと何も言えないのか、このコバンザメ型クリムゾン野郎が」

「……」

「いいからもうとっとと消えろよ。視界に入っているだけで目障《めざわ》りだ。ん、何だ、金でも欲しいのか？　ほれ、千円やるからどっか行けよ。この貧乏人のドブネズミが」

言いたい放題ですね……

もういいから未来《みらい》さんを連れて何とかこの場を離脱するべく動こうとして。

「──じゃありません」

と、声が響いた。

「ワッツ？」

「澤村《さわむら》さんは……ドブネズミなんかじゃありません。訂正してください」

未来《みらい》さんだった。

スカートの裾をぎゅっと握り締めて、声を震わせている。なんかこの感じ、素のモードの明《あ》日夏《すか》のリアクションに似ているような……え、もしかして、怒ってます……？

「おいおい、何をこんなドブネズミ野郎をかばってるんだい明日夏《あすか》ちゃん。優しいのは分かるけど、こういう勘違いしたニホントカゲ型クリムゾンみたいな輩《やから》にはハッキリと自分の立場ってものを分からせてあげなくちゃ。それも優しさだよ？」

「……」

「ほら、もうこんなやつのことなんかいいから、いっしょにタワマンに行こうぜ」

そう言って佐々岡《ささおか》が俺の肩をドン！　と強く押す。

「……っ……」

不意をつかれた俺がバランスを崩したやじろべえのようによろめきかけて。

その時だった。

俺と佐々岡《ささおか》との間に未来《みらい》さんが滑り込んでくるのが見えた。

そして次の瞬間。

佐々岡《ささおか》の身体《からだ》が、眼前で宙に浮かぶのを見た。

物理的法則に逆らった、現実にはあり得ない浮き方。

佐々岡《ささおか》はそのまままきりもみ状に回転したかと思うと一直線に地面に落下して、「げほごおっ……⁉」と潰れたカエルみたいな声を上げた。

「…………」

沈黙。

ええと……これってもしかして、未来《みらい》さんがやったんですか……?

そういえば合気道だったか古武術だったかの師範レベルの腕前だって噂《うわさ》は聞いていたような気もしたけど……

「だ、だいじょうぶですか、澤村《さわむら》さん……おけがは……?」

「え? あ、い、いや、俺は大丈夫ですけど……」

「そ、そうですか、よかったです……」

心の底から安心したように胸を撫《な》で下《お》ろす未来《みらい》さん。

その傍《かたわ》らでは、はいつくばったままの佐々岡《ささおか》がダンゴムシのようにうめいていた。

「く、くそっ……な、何なんだよ、ま、まさかこの僕がこんな……。も、もういい……お前ら、明日夏《あすか》ちゃんを僕のタワマンにまでご案内しろ! 丁重にな!」

佐々岡《ささおか》が叫ぶ。

と、いつの間にか辺りを屈強な黒服たちが何人も取り囲んでいた。

パッと見た限り十人以上はいる。

未来《みらい》さんが強いことは分かったけれど……これはさすがに数が多すぎる。この人数差はどうしようもない。

「未来《みらい》さん、ここは俺が何とかするんで、逃げてください……！」

未来《みらい》さんを背中にかばうようにしてそう声を上げる。

俺にできることといえば、せいぜいニホントカゲ型クリムゾンらしくトカゲのシッポになって未来《みらい》さんを逃がすことくらいなんですよね。

「澤村《さわむら》さん……そんな……！」

「俺は大丈夫ですから！　とりあえずさっきのアニメショップに行ってください！　すぐに追いつきます……！」

「で、ですけど……」

なおもためらいの表情を見せる未来《みらい》さん。

その時だった。


「……その心配には及びません」

そんな静かな声が響き渡った。

「え……？」

続いて周りを取り囲んでいた黒服たちがバタバタと糸が切れたように次々と地面に倒れ込ん

でいく。え、何これ……？

目の前で起きている出来事が理解できずに呆然《ぼうぜん》となっていると、街灯の陰から見覚えのあるメイドさんがすっと音もなく姿を現した。

「……ご無事でしたか、未来《みらい》様、澤村《さわむら》様」

「アリスさん……！」

「……遅れてしまい申し訳ございません。お二人に危害を加えようとする外敵は全て排除いたしました」

そう言って未来《みらい》さんの前にひざまずく。

あれだけの数の黒服を一瞬にして全滅させたのに息一つ切らしていない。すごいですね……。

「ひ、ひいっ……お、お前……だれだよ？　こ、この僕にこんなことをしてタダで済むと……。い、いくら明日夏《あすか》ちゃんのメイドだからって、しょせんはメイドだろ？　パ、パパに言ってすぐに首に……！」

ほとんど涙目になった佐々岡《ささおか》がそう叫び散らすも。

「……私はアリスティア＝レイン。乃木坂《のぎざか》家メイド隊序列第一位のメイド長です」

アリスさんのその言葉に、顔色を変えた。

「メ、メイド長⁉　ま、まさかあの乃木坂《のぎざか》家の歩く武器庫《キリングウエポン》として有名な、あの……⁉」

「……そのような二つ名は恐れ多いですが。それに――」

「……？」

「……それに、この方は明日夏《あすか》様ではありません」

「へ……？」

「……この方は乃木坂未来《のぎざかみらい》様です。明日夏《あすか》様の姉で、乃木坂《のぎざか》家のご長女であらせられる方です」

その声に、佐々岡《ささおか》の顔色がさらに青黒く変わった。

「み、未来《みらい》……？　え、そ、それって、もしかして乃木坂《のぎざか》家の次期後継者だっていう……？　あ、明日夏《あすか》ちゃんじゃないんですか……？」

「あ……はい、です。私は未来《みらい》で、明日夏《あすか》ちゃんの姉で……」

「……」

一瞬の沈黙。

だが次の行動は早かった。

「……す、すみませんでしたぁあああああ……っ……！」

そう叫びながら佐々岡《ささおか》がジャンピング土下座を決めた。

そのまま地面に突き刺さらんかという勢いの見事な頭の下げっぷり。

それを見た未来《みらい》さんは困ったような顔をして。

「え、えと……ど、どうしたらいいんでしょうか……？」

しばしおろおろとした後に。

慣れない手付きで腰に手を当てて、こう口にしたのだった。

「も、もうこんなことはやったらだめですよ？　め、めっ、です……！」

5

とまあ、そんな佐々岡《ささおか》との一件もあったものの。

その後には、無事にリリイベを迎えることができた。

イベントフロアに戻って、アキちゃん役の声優さんと姫宮《ひめみや》みらんからブルーレイボックスを受け取りながら、握手と会話を交わす。

「今日はイベントに来ていただいてありがとうございます。こちらメモリアルのブルーレイボックスと、特典のアクキーになりますね」

「あ、ありがとうございましゅ……！」

「乃木坂《のぎざか》未来《みらい》さんだよね？　前にもライブに来てくれて一番前の席でサイリウムを振ってくれたり、SNSで新曲を褒めてくれたりしてたの知ってるよ。さんきゅ！」

「い、いいえいいえそんな！　きょ、きょうしゅくです……！」

未来《みらい》さんは興奮しすぎていて何を言っているのかいまいち分からなかったけれど、この上なく楽しそうだった。

「はぁあ……き、緊張しました……」

ブルーレイボックスを抱えてアニメショップを出たところで、未来《みらい》さんがそう言って大きく息を吐いた。

「アキちゃん役の声優さんも姫宮《ひめみや》みらんさんもとっても優しくてとっても素敵でした……今日のことは忘れません。というか、手を洗えないです……」

「そこは……洗った方がいいような……」

とはいえ未来《みらい》さんだったら何となくそのままでも常に清浄なオーラをまとっていそうな気もするというか。

全身からにじみ出る清らかな女神みたいな空気をそこはかとなくまぶしく感じつつそんなことを考えていると。

「でも……よかったです。メモリアルイベントはすごく心に染《し》みましたし、無事にこちらも手に入れることができましたから」

と、未来《みらい》さんがほっとしたような口ぶりでそう言った。

「？　それは……」

「ふふ、これです」

未来《みらい》さんが笑顔で差し出してきたもの。

それは……よく見慣れた、マホちゃんのアクキー……アクリルキーホルダーだった。

「マホちゃんの……？　アキちゃんじゃなくて、ですか？」

その言葉にこくりとうなずく。

「こちらは今回の一番の目玉といいますか、メインとなる特典なんです。これを手に入れたかったというのが、今日のイベント参加の大きな目的で……」

「これを……？」

アキちゃんのイベントのはずなのにどうしてマホちゃんのアクキーが目的なんでしょうか……？

不思議に思っていると、未来《みらい》さんはこう口にした。

「実は……今日のイベントは、シークレットイベントだったんです」

「シークレットイベント？」

「はい。昔アキちゃんを見て大好きだった世代の方たちにフィーチャーしたクローズドイベントで、それ以外の方たちには情報が届きにくいようにしていたそうです。私もアキちゃんの会員制SNSで初めて知ることができたくらいで……」

なるほど、だから明日夏《あすか》や冬姫《ふゆき》たちはこのイベントについて知らなかったのか。

そういえば参加していた他のお客さんたちも、年齢層が高いというかあまり現役感のない人たちが多かったような気がしたし……

　でもそれだったら余計にアキちゃんのグッズが特典になりそうなものだけれど……

　そんな俺の疑問に、未来《みらい》さんは答えた。

「実は今日のイベントには、『アキちゃんからマホちゃんへの、想《おも》いのバトン』という趣旨もあるんです」

「想《おも》いのバトン……？」

「はいです。アキちゃんを好きだった世代の方たちが、マホちゃんを好きな世代の方たちに、気持ちを受け継いでいってほしいという想《おも》い……それをこのアクキーに乗せて、バトンとして受け取ってもらいたいというお願いがメインコンセプトになっているとのことです。なので……」

　未来《みらい》さんは一度そこで言葉を止めた。

　そして何かをかみしめるようにして、こう言った。

「なので私はこれを……明、日、夏、ちゃ、ん、へ、の、ク、リ、ス、マ、ス、プ、レ、ゼ、ン、ト、に、し、た、い、と、思、っ、て、い、た、ん、で、す」

「明日夏《あすか》への……？」

自分のため、じゃない……？

するとと未来《みらい》さんは、こぼれるような笑顔でこう言った。

「はい♪　だって明日夏《あすか》ちゃん、マホちゃんが大好きですから。アキちゃんのことはそこまで知らないかもしれないですけれど、でもこれをきっかけにして、少しでもアキちゃんのことを知ってもらえればいいなって。そして……いっしょにアキちゃんやマホちゃんについて、楽しくお話することができればいいなあって思ったんです」

「未来《みらい》さん……」

「なんてちょっとかっこいいことを言いましたけど……え、えへへ、実はたまにはお姉ちゃんらしいこともしてあげたかったっていうだけなんです」

そう言って恥ずかしそうに笑う。

その笑顔はほんわかとしていて温かさにあふれていて、本当に心の底から明日夏《あすか》のことを大事に思っているのが伝わってくるもので……

うーん、改めて未来《みらい》さんの人柄の良さを見直したといいますか。というか未来《みらい》さんはいつだって明日夏《あすか》にとっては理想の、追い求めるべき最高のお姉ちゃんだろうに……

「……」

それにしても、何だか今日は未来《みらい》さんの新しい一面をたくさん見られたような気がする。

一見完璧に見えるんだけど、実は地図が読めなくて方向音痴だったり、意外とポンコツなところがあったり、それでいてやっぱり〝アキバ系〟への知識や情熱は群を抜いていたり、さらには妹――明日夏《あすか》想《おも》いであることを改めて確認できたりもした。

これまでは目の前にいるけれど手の届かない雲の上の伝説級のような存在だったけれど、こういう普通の人間らしい（？）ところもあるってことが分かって少しだけ身近に感じられるようになったといいますか……

今も隣で穏やかに微笑《ほほえ》む未来《みらい》さんについ視線を奪われていると。

「これも……澤村《さわむら》さんのおかげです」

と、未来《みらい》さんがぽつりと言った。

「こうして明日夏《あすか》ちゃんの笑顔を見られるようになったのも……明日夏《あすか》ちゃんに『想《おも》いのバトン』を渡そうと思えるようになったのも、全部……」

「え？」

いや俺は何もしていないといいますか、せいぜいニホントカゲ型クリムゾンとしての役割（トカゲのシッポ）くらいしか果たせていないと思うんですが……

だけど未来《みらい》さんはふるふると首を横に振った。

「いいえ、そんなことないです。澤村《さわむら》さんのおかげで……私は明日夏《あすか》ちゃんのことを知ることができたんです」

「明日夏《あすか》を……？」

「……はい。たくさんの〝秘密〟を抱えた明日夏《あすか》ちゃんのことを……」

「！」

それって……

「……明日夏《あすか》ちゃんの笑顔が、どこか無理をしているものだったことにはうすうす気付いていたんです」

未来《みらい》さんは少しだけ顔をうつむかせて言った。

「小さい頃は、そんなことはありませんでした。無邪気で屈託がなくて……いつだって、明るくて幸せそうな笑顔を向けてきてくれる子だったんです。……だけど中学に上がる頃から、だんだんとその笑顔が陰ることが増えていって……」

「……」

それは……おそらく、明日夏《あすか》が未来《みらい》さんに追いつけないということを自覚したあたりだ。

大好きで、尊敬していて、なりたいと願ってやまなかった理想のお姉ちゃん。

その背中が遥《はる》か遠くを歩いていて、ちょっとやそっとのことでは届かない存在だと知って悩んでいた時で……

「もちろん明日夏《あすか》ちゃんに尋ねてみもしました。だけどただ『だいじょうぶだよ』と言って笑うだけで、その心の内は分からなくて……。私にはどうにもできなかったんです。そんなことをしているうちに、私は海外に留学することになって、明日夏《あすか》ちゃんとも離れることになりました」

「……」

「向こうにいる間も電話やメールなどでやり取りはしていたんですけれど、やはり直接会うことができないと詳しい状況までは分かりませんでした。なので正直……ずっと心配していたんです。だけど……」

そこで一度言葉を止めると。

「だけど……最近の明日夏《あすか》ちゃんは違います」

未来《みらい》さんはこっちを真《ま》っ直《す》ぐに見ると、にっこりと笑ってそう言った。

「正確に言えば、夏休みにこちらに戻ってきて明日夏《あすか》ちゃんと再会した時に、変化はすぐに分かりました。昔の明日夏《あすか》ちゃんの笑顔が戻っていたんです。無邪気に幸せそうに笑っていたあの頃の……。それが、澤村《さわむら》さんが――〝せんせー〟が近くにいてくれるからだということは、丸分かりでした」

「や、そんな、俺は……」

文字通りホントに近くにいただけなんですが……

だけどその言葉に未来《みらい》さんは再び首を振った。

「澤村《さわむら》さんの存在が明日夏《あすか》ちゃんを支えてくれている……自覚がなくとも、そうなんです。短い間ですが澤村《さわむら》さんを見ていて、そのことは私自身もよく分かりました。だから私にとっては……澤村《さわむら》さんは、明日夏《あすか》ちゃんと私を再び結んでくれた——想《おも》いを繋《つな》いでくれたバトンそのものなんです」

「バトン？　俺が、ですか……？」

「はいです。そうだからこそ……きちんとお礼が言いたいと思ったんです。明日夏《あすか》ちゃんと出会ってくれて、そして〝せんせー〟として助けになってくれて……ありがとうございました」

そう言って深々と頭を下げてくる。

その表情や空気からは、本当に明日夏《あすか》のことを大切に宝物のように思っていることが改めて伝わってきて……何だか温かな気持ちになることができた。

「……」

だけど俺はやっぱり何もしていない。

未来《みらい》さんと自分との距離を測って、自分自身を客観的に見て、そしてこれからの生き方と未《み》来《らい》さんとの向き合い方を見つめ直したのは、全部明日夏《あすか》自身の努力であって、成長だ。

ジャイアントパンダ型クリムゾンレベルで、ただそこにいただけで何かをしていたわけではない。

でももしも未来《みらい》さんの言う通り、僅かながらにでも支えになれていたのなら。

少しでも、このお互いを思い合う姉妹の間の垣根を取り除く助けになれていたのなら……それは心の底から嬉《うれ》しいことだと思います。

「これからも……明日夏《あすか》ちゃんのことをよろしくお願いいたしますね。なんて……ふふ、まるでお母様みたいなことを言っちゃったかもしれません」

「未来《みらい》さん……」

「あ、それともう一つ……澤村《さわむら》さんにはお願いがあるんですが」

「？　何でしょう？」

こんな未来《みらい》さんのお願いなら大抵のことは聞きたいと思う。

すると未来《みらい》さんは少しだけ遠慮がちに首をかたむけて。

「私も……澤村《さわむら》さんのことをあだなで呼んでもいいですか？」

「え？」

「そ、その、明日夏《あすか》ちゃんがそうしているのを前からいいなあって思っていまして……。あ、もちろん〝せんせー〟は明日夏《あすか》ちゃんの専用なので別のものにします。……そうですね、〝ますたー〟とかはどうでしょう♪」

「え、え？」

「素敵だと……思うんですが♪」

「え、あ、や……」

マスターって、ご主人様とかそういう意味じゃなかったでしたっけ……？

いやそんな、未来《みらい》さんにそう呼ばれるなんて恐れ多いというか身の程知らずというか……あ、でも『ＭＧＯ』とかでもマスターよりもサーヴァントの方が格は上なことが多いからいいんですかね……？

いきなりの提案にどう答えていいか分からずに頭の中がショート状態になる俺に。

未来《みらい》さんは白百合《しらゆり》が咲き誇るようなおっとりとした笑みを浮かべると、

「よろしくお願いしますね、〝ますたー〟♪」

そう口にして、楽しそうに合わせた両手を頬の横に添えたのでした。

エピローグ
Epilogue

＊

「えー、そんなことがあったんだ。お姉ちゃんと二人でいっしょに秋葉原に行ってアキちゃんのイベントを……」

クリスマスイブ当日。

花村《はなむら》さんたちと待ち合わせをして冬姫《ふゆき》邸へと向かう前に乃木坂《のぎざか》邸にやって来た俺は、明日夏《あすか》にイルミネーションの写真を見せつつ先日の未来《みらい》さんとの一件を語ったところ、ベッドに腰かけて足をぱたぱたとさせながらのそんな反応が返ってきたのだった。

「でもマホちゃんも絡《から》んでるんならわたしにも声かけてくれてもいいのに〜。せんせーとわたしの仲なのに、水くさいよ〜」

「あ、ごめん……でも明日夏《あすか》は冬姫《ふゆき》と会議をしてたし、それに未来《みらい》さんはできれば明日夏《あすか》には秘密でマホちゃんの限定アクキーを手に入れたかったみたいだから……」

「むー、それは分かってるんだけどさ〜」

明日夏《あすか》が唇をとがらせながら複雑そうな表情をする。

その視線の先の机の上には、あの時未来《みらい》さんがゲットしたマホちゃんのアクキーが大切そうに飾られていた。

「でもでも、やっぱり納得いかない～。頭では分かってるけど気持ちがステイしたまんまってやつだよ。だから……」

そこで明日夏《あすか》はぴっとこっちを指さした。

「だから今日はクリスマスパーティーに行くまでも、行ってからも、せんせーにはめいっぱいサービスしてもらうんだからね」

「サービス？」

「うん、そだよ。パーティーのプレリュードからポストリュードまで、お姫さまみたいにエスコートしてくれること。いーい？」

片手を腰に当てながらそう言ってくる。

なるほど、そういうことなら了解というか。というかあえて言われなくても、明日夏《あすか》といっしょに過ごす初めてのクリスマスなんだから、当然そのあたりは気にするといいますか……

「ん、分かった。俺にできる限りのことはするから」

「よろしい。じゃあまずは今日着ていくドレスを見てもらって感想を聞かせてもらおっかな～。いい、いい、せんせー？」

「あ、うん」

「着替えてくるからちょっと待っててね」

そう言うと明日夏《あすか》は弾むような足取りで部屋を出ていった。

そして程なくして戻ってくる。

その姿は——

「ん、これが今日着てくドレスだよ～♪」

「……」

「初めてのクリスマスパーティーだからすっごいがんばって選んだんだよね。ど、どうかな、せんせー、かわいい？」

「……」

「せんせー……？」

「うん……すごい似合ってる」

あまりに明日夏《あすか》にジャストフィットで、思わず一瞬言葉をロストしていました。

クリスマス仕様のきらびやかなドレス姿。

それはもう何かの夢なんじゃないかというほどきれいで、可憐《かれん》で、きらきらと輝いていて
……まさに聖夜に舞い降りた天使というのにふさわしいかわいらしい装《よそお》いだった。

「………………」

だけど明日夏《あすか》はどこか不満そうな顔をしていた。

一番お気に入りのオモチャじゃなくて、三番目に好きなオモチャを間違って与えられた仔猫《こねこ》

がすねているみたいな……

「あー、明日夏《あすか》……？」

「……〝かわいい〟……」

「え？」

「そこは……似合ってるじゃなくて……〝かわいい〟って、言ってほしい……その、お姫さまエスコート的には……」

スカートの裾を握りながら小さくこっちを見て、明日夏《あすか》はそう言った。

「あ、え、ええと……？」

どういうことだろう？　このシチュエーションにおいては『似合ってる』はNGで、『かわいい』が最適解だってことでしょうか……？

『かわいい』……普段心の中では百万遍くらい言っている言葉なんですが、いざ口に出すとなるとなかなかハードルが高いといいますか……

だけど明日夏《あすか》は胸元に手を当てたまま、じっとこっちを見上げてきている。

ハードルが高いとはいえ、明日夏《あすか》がそれを望んでいるというのなら……俺としては実行しないわけにはいかない。

清水の舞台ならぬ東京スカイツリーから飛び降りるような勢いで、言った。

「……か、かわいい……」

「！」

「その、もちろん似合ってるのは当然なんだけど……それだけじゃなくて、クリスマスの雰囲気が出てて、お姫さまっぽくて……すごく、かわいいと思う……」

な、何とか言うことができました。

途中何回か噛《か》みそうになったけれど、ちゃんと『かわいい』の部分は伝わった……と思う。

とはいえ今にも顔面からファイヤーしそうです。

「あ……」

俺の照れくさいことこの上ない『かわいい』告白を聞いた明日夏《あすか》は少しの間目をぱちぱちとさせていた。

だけどやがてぱあっと表情を輝かせたかと思うと、

「あ——ありがとう、せんせー！　ご、ごめんね、ムリに言わせちゃったみたいで……で、でも……え、えへへ、せんせーにそう言ってもらえると、なんだろ、すっごく胸がどきどきして幸せな気持ちになってくるんだよ……♪」

満面の笑みを浮かべてそう言ってきた。

その笑顔はそれこそかわいいの一言で見る者の心をわしづかみにする向日葵《ひまわり》が咲くようなも

ので……恥ずかしかったけれど思い切って口にしてよかったといいますか、胸がドゴゴンドゴゴン！　と和太鼓のように鳴り響くのを抑えきれないといいますか……

そこからの明日夏《あすか》は上機嫌だった。

「ねえねえせんせー、これも今日履いてこうと思ってる靴なんだけど、履かせてくれない？」

「え、く、靴を……？」

「そうそう♪　やっぱりお姫さまっていったら靴は王子さまに履かせてもらわなきゃ。シンデレラ的な？」

「う、わ、分かったけど……」

「ん、じゃあお願いね」

「……」

う、うーん、靴を履かせるのって思った以上に緊張するんですが……

明日夏《あすか》の白魚みたいにきれいに整った足に直接触らないといけないわけだし、足を上げているわけだからスカートの隙間からその向こう側の何かがちらちらと見えていたりいなかったりしていたわけで……

そんな風にそこはかとなく目を逸《そ》らしながら靴を履かせたり。

「じゃあ次はね～、髪をアップにしたいんだけど、そのお手伝いをしてくれないかな～？」

「え、髪？　できるかな……」

鈴音《すずね》の髪を三つ編みにするくらいならやったことはあるんだけど……

「だいじょうぶだいじょうぶ、難しいところは自分でやるし後で静琉《しずる》さんにも直してもらうから。ただお姫さまエスコート的にはせんせーにも手伝ってもらいたいだけなんだよ」

「そういうことなら……」

「じゃあお願いね～」

ちょこんと椅子に座ってその頭を預けてくる。

明日夏《あすか》の髪の毛はこの世のものとは思えないほどつやつやでさらさらでいい香りがして、最上級のシルクでも触っているみたいだった。

と、そんな感じに髪の毛をまとめるのを手伝ったり。

いくつかお姫さまへのエスコート行為（?）を行ったのだった。

「へへ～、せんせーに髪のセットをしてもらうと気持ちがあがるな～♪　それにすっごく気持ちいいし」

そんなことを言いながらごろごろと身体《からだ》をすり寄せてくる。

何だろう、いつもの三倍増しで甘え仔猫《こねこ》モードといいますか……

そして一連の身支度が終わって。

「ん、これで大丈夫だと思う」

「うん、ありがと、せんせー♪」

にっこりと笑って明日夏《あすか》が立ち上がる。

それに続こうとした俺に。

「はい、せんせー」

と、明日夏《あすか》が両手を広げて、何かを求めるようなポーズをした。

「ええと……バンザイ？」

「も～、違うよせんせー、お姉ちゃんみたいなこと言って～。そうじゃなくて、充電の時間」

「充電？」

って、スマホか何かのことですかね……？

ポケットからスマホを取り出そうとしてゴソゴソとしていると、明日夏《あすか》が首を振りながら小さく息を吐いた。

「んも～、ほんと、せんせーはにぶちんなんだから」

「⁇」

「充電っていうのは、こういう……こと」

「！」

そう言うと、明日夏《あすか》はぽふっと俺の胸に抱きついてきた。

「あ、明日夏《あすか》……⁉」

「せ、せんせー分の充電だよ。ここのところせんせーにあんまり会えてなかったから、せんせー分が不足してからっからだったんだもん。だ、だからフル充電しとくの」

「フル充電って……」

そんな大容量携帯バッテリーみたいな……

とはいえ胸の中の明日夏《あすか》は、本当に充電をしているみたいにふるふると身体《からだ》を震わせる。

「……やっぱりせんせー……すっごくいい匂いがする……」

「え？」

「あったかくて落ち着けていい匂いがして……え、えへへ、こうしてるだけでじんわりとせんせー分が染《し》み渡《わた》ってくるっていうか、元気がもりもりわいてくるよ〜……♪」

そう言いながら、くんくんと首元や胸元に顔を当ててくる。

その様子はまんま甘えたい盛りの仔猫《こねこ》がかわいらしく喉を鳴らしながらじゃれついてくるようなもので……

う、これだとむしろこっちが明日夏《あすか》分を充電させてもらっているような心地になってくるといいますか……

「せんせー、だいすき……」

「……」

そのままクリスマスパーティーに出かける時間まで、充電状態のままくんくんムーブをされていたのでした。

・乃木坂明日夏《のぎざかあすか》の秘密⑭（秘密レベルS）
お姫さまエスコートをされて、「かわいい」と言われるのが嬉《うれ》しいらしい。
・乃木坂明日夏《のぎざかあすか》の秘密⑮（秘密レベルS）
そ、その、俺のことをくんくんするのが好きらしい……


「じゃあそろそろいこっか、せんせー」

「あ、うん、そうだね」

時計を見ると時刻は午後五時半を少し回っていた。

待ち合わせは冬姫《ふゆき》邸の前に六時だから、ボチボチ出ないと遅刻してしまう。

「ふふ、朝倉《あさくら》さんのお家《うち》は初めてだから楽しみだな〜♪」

「うーん、もしかしたら色々な意味で驚くかもしれないけど……」

「？　どういうこと？」

「まあ……それは着いてのお楽しみってことで」

「え〜、気になるな〜。何だろ、お家《うち》の人たちが全員ネコ耳をつけてるとか語尾に『にゃん』

をつけて話すとか……？」

首を傾ける明日夏《あすか》とともに部屋を出て。

「あ、もう行く時間なんだ？　楽しんできてね、明日夏《あすか》ちゃん、おに～さん」

「お二人ともいってらっしゃいませ～」

「私も後からお迎えに行かせていただきますね～」

美夏《みか》さんたちのそんな見送りを受けて。

そうして、俺たちは冬姫《ふゆき》邸で行われるクリスマスパーティーへと向かうことになったのだった。

だけどこの時の俺は考えもしていなかったんですよね。

まさかこのパーティーで……あんなことが起こるなんて。

＊

――パーティー開始から二時間後。

「――え、なにこれ？　て、停電？」

「み、みたいだ……！　明日夏《あすか》、冬姫《ふゆき》、そこにいる……？」

「な、何も見えないってー。あれ、善人《よしと》、どこ行ったのー？」

「ちょ、ちょっと、マジで真っ暗だし……！」

「明日夏《あすか》ちゃん、〝ますたー〟、どちらにいらっしゃるのでしょうか……？」


一メートル先も見えない暗闇の中。

ひとまずスマホの照明で何とかしようとポケットをゴソゴソとやっていた時のことだった。

チュッ……

何かが、触れた。

「!?」

い、今のって……!?

それが何だったのかは分からない。

分かるような気もするんだけれど……理解できない。

だけど立ち尽くす俺の顔に、柔らかくて温かな何かの余韻が、確かに残っていたのだった。

Nogizaka Asuka no Himitsu 145
Secret Level S

乃木坂明日夏の秘密 145 秘密レベルS

そ、その、俺のことをくんくんするのが
好きらしい……

あとがき

はじめましてあるいはこんにちは、五十嵐雄策《いがらしゆうさく》です。
『乃木坂明日夏《のぎざかあすか》の秘密』六巻をお届けいたします。

さて今回はクリスマス……のお話ではなく、そこに至るまでのいくつかのエピソードです。比較的明日夏《あすか》以外のヒロインにも焦点が当たっている巻で、デートシーンが通常よりも多めかもしれません。北海道修学旅行を経て少しずつ変わっていく関係や、普段とは少し違う雰囲気を楽しんでいただければ幸いです。

そして次巻ではいよいよクリスマスイブ及びクリスマスのお話となる予定です。もしかしたら懐かしい顔ぶれが何人か出てくるかもしれませんので、ぜひぜひそちらもよろしくお願いできましたらと思います。

以下はこの本を出版するにあたってお世話になった方々に感謝の言葉を。

担当編集の黒川《くろかわ》さま、小野寺《おのでら》さま、今回も色々と修正の多い中、ありがとうございました。イラストのしゃあさま、いつも素敵なイラストをありがとうございます。今回もイラストで見てみたいシーンがたくさんですので、楽しみです。

そして何よりもこの本を手に取ってくださった方々に最大限の感謝を。

それではまたお会いできることを願って――

二〇二〇年五月　五十嵐雄策《いがらしゆうさく》

◉五十嵐雄策著作リスト

「乃木坂春香の秘密①〜⑯」（電撃文庫）
「乃木坂明日夏の秘密①〜⑥」（同）
「はにかみトライアングル①〜⑦」（同）
「小春原日和の育成日記①〜⑤」（同）

「花屋敷澄花の聖地巡礼①②」（同）
「城ヶ崎奈央と電撃文庫作家になるための10のメソッド」（同）
「続・城ヶ崎奈央と電撃文庫作家になるための10のメソッド」（同）
「城姫クエスト　僕が城主になったわけ」（同）
「城姫クエスト②　僕と銀杏の心の旅」（同）
「SE-Xふぁいる　ようこそ、斎条東高校「超常現象☆探求部」へ！」（同）
「SE-Xふぁいる　シーズン2　斎条東高校「超常現象☆探求部」の秘密」（同）
「幸せ二世帯同居計画　～妖精さんのお話～」（同）
「終わる世界の片隅で、また君に恋をする」（同）
「ちっちゃくてかわいい先輩が大好きなので一日三回照れさせたい」（同）
「ぼくたちのなつやすみ　過去と未来と、約束の秘密基地」（メディアワークス文庫）
「七日間の幽霊、八日目の彼女」（同）
「ひとり旅の神様」（同）
「ひとり旅の神様2」（同）
「いつかきみに七月の雪を見せてあげる」（同）
「下町俳句お弁当処　芭蕉庵のおもてなし」（同）
「恋する死神と、僕が忘れた夏」（同）
「八丈島と、猫と、大人のなつやすみ」（同）

本書に対するご意見、ご感想をお寄せください。

ファンレターあて先
〒 102-8177　東京都千代田区富士見 2-13-3
電撃文庫編集部
「五十嵐雄策先生」係
「しゃあ先生」係

本書は書き下ろしです。

電撃文庫

乃木坂明日夏《のぎざかあすか》の秘密《ひみつ》⑥

五十嵐雄策《いがらしゆうさく》

2020年7月10日　初版発行

発行者　郡司 聡
発行　株式会社KADOKAWA
〒102-8177　東京都千代田区富士見2-13-3
0570-06-4008（ナビダイヤル）
装丁者　荻窪裕司（META＋MANIERA）
印刷　株式会社暁印刷
製本　株式会社ビルディング・ブックセンター

●お問い合わせ（アスキー・メディアワークス ブランド）
https://www.kadokawa.co.jp/（「お問い合わせ」へお進みください）
※内容によっては、お答えできない場合があります。
※サポートは日本国内のみとさせていただきます。
※ Japanese text only

※定価はカバーに表示してあります。

ISBN978-4-04-913212-0　C0193　Printed in Japan

電撃文庫　https://dengekibunko.jp/

電撃文庫創刊に際して

文庫は、我が国にとどまらず、世界の書籍の流れのなかで〝小さな巨人〟としての地位を築いてきた。古今東西の名著を、廉価で手に入りやすい形で提供してきたからこそ、人は文庫を自分の師として、また青春の想い出として、語りついできたのである。

その源を、文化的にはドイツのレクラム文庫に求めるにせよ、規模の上でイギリスのペンギンブックスに求めるにせよ、いま文庫は知識人の層の多様化に従って、ますますその意義を大きくしていると言ってよい。

文庫出版の意味するものは、激動の現代のみならず将来にわたって、大きくなることはあっても、小さくなることはないだろう。

「電撃文庫」は、そのように多様化した対象に応え、歴史に耐えうる作品を収録するのはもちろん、新しい世紀を迎えるにあたって、既成の枠をこえる新鮮で強烈なアイ・オープナーたりたい。

その特異さ故に、この存在は、かつて文庫がはじめて出版世界に登場したときと、同じ戸惑いを読書人に与えるかもしれない。

しかし、〈Changing Times,Changing Publishing〉時代は変わって、出版も変わる。時を重ねるなかで、精神の糧として、心の一隅を占めるものとして、次なる文化の担い手の若者たちに確かな評価を得られると信じて、ここに「電撃文庫」を出版する。

1993年6月10日
角川歴彦

電撃文庫DIGEST　7月の新刊

発売日2020年7月10日

創約 とある魔術の禁書目録《インデックス》②

【著】鎌池和馬　【イラスト】はいむらきよたか

気づけば上条は病院にいた。そこで待ち受けていたのは、上条とアンナの『あの出来事』への糾弾――ではなく、インデックス妹達美琴食蜂らによる看護ラッシュで!?

魔王学院の不適合者7 ～史上最強の魔王の始祖、転生して子孫たちの学校へ通う～

【著】秋　【イラスト】しずまよしのり

全能者の剣によって破壊することの叶わぬ存在となった地底世界の天蓋。それを元に戻す手段を得るため、アノスは《預言者》を訪ねて地底の大国・アガハへと向かう。

七つの魔剣が支配するVI

【著】宇野朴人　【イラスト】ミユキルリア

エンリコの失踪は学校内に衝撃をもたらした。教師陣も犯人捜しに動き始め、学校長自らの尋問に生徒たちは恐怖する。不穏な情勢下で統括選挙の時期が近付く中、オリバーたちの前には、奇妙な転校生ユーリィが現れ――。

乃木坂明日夏の秘密⑥

【著】五十嵐雄策　【イラスト】しゃあ

AMW研究会の記念制作として始まったVTuber作り。すると「ママ」の座を巡って、明日夏と冬姫のバトルが大勃発!　善人の助けを求め取り合いになった結果、三人一緒に乃木坂邸で合宿することになって――?

新作 ちっちゃくてかわいい先輩が大好きなので一日三回照れさせたい

【著】五十嵐雄策　【イラスト】はねこと

放送部の花梨先輩は小柄な美少女で、何かと俺に先輩風を吹かせてくる。かわいい。声やしぐさを褒めるとすぐ照れる。かわいすぎてやばい。そんな照れさせられて悔しがる先輩と俺の、赤面120%照れかわラブコメ。

新フォーチュン・クエストII⑪ ここはまだ旅の途中<下>

【著】深沢美潮　【イラスト】迎 夏生

パステルの体の中に、『ダークイビル』が入りこんでしまった!?　パーティ最大のピンチを、6人と1匹はどう切り抜けるのか…!?　30年続くファンタジー小説の金字塔、ついに完結巻です!

はじらいサキュバスがドヤ顔かわいい。④ ……だいすき。

【著】旭 蓑雄　【イラスト】なたーしゃ

ひょんなことがきっかけで、悪魔たちの暮らす島に招待されることになった夜美とヤス。島はいま『欺瞞祭』の真っ最中。あらゆる嘘が許されるこの祭りに乗じて、普段は素直になれない二人も気持ちをぶつけ距離を縮めていく……。

地獄に祈れ。天に堕ちろ。2 東凶聖餐

【著】九岡 望　【イラスト】東西

優しき死神ミソギと、不良神父アッシュが帰ってきた!　現世と冥界が交わる街・東凶で凸凹コンビが挑むのは、"本物の死神"と名乗る女・木蓮と、街で暴れ回る殺戮兵器の謎で――?　アクションエンタメ第2弾!

叛逆せよ! 英雄、転じて邪神騎士3

【著】杉原智則　【イラスト】ヨシモト
【キャラクター原案】魔太郎

かつて邪神を倒した英雄ギュネイは邪神王国のあまりの荒廃ぶりを見かねてつい手助けを重ねてしまう。教団の野望を打ち砕いたあとも問題は山積み。しかも、今度は不死騎士団残党が王都に押し寄せてきて!?

新作 星継ぐ塔と機械の姉妹

【著】佐藤ケイ　【イラスト】bun150

目覚めた場所は遠い未来の星だった。滅びゆく星を救うため、そして恋人の待つ地球に帰るため、彼はロボット姉妹と旅に出る。旅の果てに彼が見た真実とは?　そしてロボット達の秘密とは?　笑いと感動のSFコメディ!

新作 女子高生同士がまた恋に落ちるかもしれない話。

【著】杜奏みなや　【イラスト】小奈きなこ

寮で同室になった佑月は、満月みたいな瞳で物語の主人公のような特別な女の子。何事も普通なわたしは、近づくだけでドキドキが止まらない。でも、小学生の時に一緒に星を見た、憧れの女の子にどこか似ていて――。

新作 可愛いかがわしいお前だけが僕のことをわかってくれる（のだろうか）

【著】鹿路けりま　【イラスト】にゅむ

同窓会で東大生だとウソをついた浪人生の僕。もしウソがばれたら……よし、死のう!　死んで異世界転生だ!　そんな人生絶望中の僕の前に銀髪ロリ悪魔が現れ、『尊死』するまで死なせてくれない!?　ってどんなラブコメだよ!?

放送部の部長、花梨先輩は、上品で透明感ある美声の持ち主だ。美人な年上お姉様を想像させるその声は、日々の放送で校内の男子を虜にしている……が、唯一の放送部員である俺は知っている。本当の花梨先輩は小動物のようなかわいらしい見た目で、かつ、素の声は小さな鈴でも鳴らしたかのような、美少女ボイスであることを。

とある理由から花梨を「喜ばせ」たくて、一日三回褒めることをノルマに掲げる龍之介。一週間連続で達成できたらその時は先輩に——。ところが花梨は龍之介の「攻め」にも恥ずかしがらない、余裕のある大人な先輩になりたくて——。

電撃文庫

女子高生同士がまた恋に落ちるかもしれない話。
杜奏みなや
Minaya Morikana
Illustration
小奈きなこ
Kinaco Cona
女子高生同士が
また恋に落ちる
かもしれない話。
普通の女子高生がある日物語の主人公になる、
初恋やり直しストーリー。
八年前。ひとりぼっちで泣くわたしを助けてくれた、満月みたいな丸い瞳の、背が高くてかっこいい女の子。わたしの特別な、初恋の相手――。
わたしは、小学生のとき一緒に星を見た、あの女の子が今もまだ忘れられない。
もう二度と会えない、ただの思い出……。
だけどある日寮を移った先の部屋で待ち受けていた女の子・佑月こそ、まさに初恋の彼女で――!? 昔とは違って、小動物みたいで背も小さくて、すこし変わり者の佑月。好きだったのは昔のこと。このドキドキは、恋じゃない……はず。
電撃文庫

幼なじみが絶対に負けないラブコメ

OSANANAJIMI GA ZETTAI NI MAKENAI LOVE COMEDY

［著］二丸修一
SHUICHI NIMARU
［絵］しぐれうい

『幼なじみ』VS『初恋の少女』
先の読めない
最先端ラブコメ開幕!!

STORY

高校2年生の丸末晴は、幼なじみの少女・志田黒羽からの好意を知りながらも、初恋の相手である可知白草に一途な恋心を抱いていた。だがそんな矢先、白草に彼氏がいることが発覚！

末晴は深い絶望の末、黒羽と手を組んで、男の純情を踏みにじった白草に“最高の復讐”をすることを決意する!!

電撃文庫